Le Livre de Poche Jeunesse

L'homme et le loup

et autres nouvelles

Jack London

Né en 1876 à San Francisco, fils d'un astrologue ambulant, Jack London a une enfance misérable et commence une vie d'errance à quinze ans. Il exerce tous les métiers pour survivre : marin, blanchisseur, chercheur d'or... Il lit beaucoup, travaille en autodidacte pour entrer à l'université. Auteur prolifique, il écrira une cinquantaine de livres. Jack London est mort en 1916.

Du même auteur :

- L'appel de la forêt
- Croc-Blanc

Jack London

L'homme et le loup

et autres nouvelles

Traduit de l'anglais (États-Unis)
par Michel Laporte

L'HOMME ET LE LOUP

Hors de tout ceci va demeurer –
Ils ont vécu et joué à pile ou face ;
En fait le jeu tournera au gain
Même si l'or des dés a été perdu.

Ils descendirent péniblement la berge en boitant, et celui des deux hommes qui marchait en premier trébucha tout d'un coup au milieu de l'éboulis de rochers. Ils étaient fatigués et faibles ; leur visage avait cette expression de patience lasse qui naît de privations endurées de longue date. Ils étaient lourdement chargés de ballots enveloppés de couvertures qu'ils avaient fixés à leurs épaules. Des lanières qui leur passaient sur le front les aidaient à porter ces paquets. Chaque homme avait un fusil. Ils avançaient courbés en deux, les épaules penchées bas vers l'avant, la tête encore plus bas et les yeux rivés au sol.

— J'aimerais qu'on ait deux de ces cartouches-là qu'ont resté dans notre cache, dit le second homme.

Sa voix était monotone et sèche, totalement inexpressive. Il parlait sans enthousiasme. Le premier homme boitillait déjà dans le courant laiteux qui écumait par-dessus les cailloux ; il ne prit pas la peine de répondre.

L'autre homme suivit sur ses talons. Ils n'avaient pas ôté leurs chaussures bien que l'eau fût glaciale – si froide que les chevilles leur firent mal et qu'ils sentirent de moins en moins leurs pieds. Par endroits, le courant se précipitait contre leurs genoux et tous deux titubaient pour garder l'équilibre.

Celui qui suivait glissa sur un rocher lisse, manqua tomber et se rattrapa au prix d'un effort violent. En même temps, il laissa échapper un cri aigu de douleur. Il sembla pris d'une faiblesse ou de vertiges, tendit sa main libre comme s'il cherchait à prendre appui sur l'air. Quand il se fut raffermi sur ses jambes, il se remit à avancer mais glissa de nouveau et tomba presque. Alors il s'immobilisa et regarda l'autre homme qui n'avait pas tourné la tête une seule fois.

L'homme demeura immobile toute une minute, comme s'il discutait avec lui-même. Puis il appela :

— Dis donc, Bill ! Je me suis foulé la cheville !

Bill continua d'avancer en piétinant dans l'eau laiteuse. Il ne jeta pas un coup d'œil en arrière. L'homme le regarda s'en aller. Même si son visage demeurait toujours aussi peu expressif, ses yeux ressemblaient à ceux d'un cerf blessé.

L'autre homme remonta en boitant la berge opposée et continua droit devant lui, sans un regard en arrière. L'homme au milieu de l'eau l'observait. Les poils bruns et hirsutes de sa barbe et de sa moustache étaient agités d'un mouvement visible parce que ses lèvres tremblaient un peu. Sa langue sortit pour les mouiller.

— Bill ! cria-t-il.

C'était l'appel suppliant d'un homme fort en détresse mais la tête de Bill ne se tourna pas. L'homme le regarda s'en aller en boitant de façon grotesque et grimper, tout tanguant et titubant, la pente molle qui allait rejoindre la ligne d'horizon en haut de la colline basse. Il le suivit des yeux jusqu'à ce qu'il dépasse la crête et disparaisse. Alors il détourna le regard et, lentement, examina autour de lui le cercle du monde qui lui restait, maintenant que Bill était parti.

Près de l'horizon, le soleil se consumait vaguement, presque obscurci par des brumes et des vapeurs sans formes qui donnaient une impression de masse et de densité sans contour ni consistance. L'homme tira sa montre en faisant porter son poids sur une seule jambe. Il était quatre heures, et comme on était proche de la fin juillet ou du début d'août – il n'était pas sûr de la date à une semaine près ou deux – il savait que le soleil marquait approximativement le nord-ouest.

Il regarda vers le sud. Il savait que, quelque part derrière ces collines désolées se trouvait le Grand Lac de l'Ours. Il savait aussi que, dans cette direction, le cercle arctique se frayait un chemin inhospitalier à travers les Canadian Barrens. Le cours d'eau dans lequel il se tenait était un affluent de la Coppermine River qui, à un moment, s'orientait vers le nord et se jetait dans le golfe du Couronnement et l'océan Arctique. Il n'était jamais allé jusque là-bas mais il l'avait vu, une fois, sur une carte de la Compagnie de la baie d'Hudson.

Son regard finit de parcourir le cercle du monde autour de lui. Ce n'était pas un spectacle réconfortant.

Partout la ligne floue de l'horizon était visible. Les collines étaient toutes basses. Il n'y avait pas d'arbres ni de buissons ni d'herbes – rien qu'une immense et terrible désolation qui emplit lentement ses yeux de frayeur.

— Bill ! murmura-t-il une fois puis une autre. Bill !

Toujours debout au milieu de l'eau laiteuse, il se tassa sur lui-même comme si cette immensité pesait sur lui avec une force irrésistible et l'écrasait sans pitié de tout le poids de son effroi. Il se mit à trembler comme s'il était en proie à un accès de paludisme jusqu'à ce que son arme lui tombe des mains en éclaboussant. Cela lui permit de se reprendre. Il lutta contre sa peur, se ressaisit et, à tâtons dans l'eau, la rattrapa. Il fit glisser son sac plus bas sur son épaule gauche pour décharger un peu sa cheville meurtrie du fardeau. Après quoi, tout doucement et avec précaution, il se dirigea vers la rive, en grimaçant de douleur.

Il ne s'arrêta pas. Avec un désespoir qui touchait à la folie, sans égard pour sa douleur, il grimpa à la hâte jusqu'au sommet de la colline derrière lequel Bill avait disparu – de façon encore plus risible et grotesque que ce dernier, qui boitait et titubait. Une fois sur la crête, il vit une vallée peu profonde, vide de vie. Il lutta de nouveau contre sa peur, la maîtrisa, fit glisser un peu plus son sac sur son épaule et descendit malaisément la pente.

Le fond de la vallée était détrempé d'eau que la mousse épaisse retenait, à la façon d'une éponge, près de la surface. Elle giclait sous ses pieds à chaque pas qu'il faisait, et dès qu'il soulevait un pied se produisait un bruit de succion au moment où la mousse relâchait son emprise comme à regret. Il choisit son chemin de tourbière en tourbière en suivant les traces de l'autre homme sur les affleurements rocheux qui émergeaient, tels des îlots, de la mer de mousse.

Quoique seul, il n'était pas égaré. Plus loin, il savait qu'il tomberait sur un endroit où des épicéas et des sapins morts, très petits et dépouillés, bordaient un petit lac, le *titchin-nichilie* dans la langue du pays : la terre des petits bâtons. Dans ce lac se jetait un petit ruisseau dont l'eau n'était pas laiteuse. Le long de ce ruisseau, il y avait des roseaux, il se le rappelait très bien, mais pas de bois. Il le suivrait jusqu'à ce que son cours s'interrompe, au pied d'une colline. Il franchirait la colline pour rejoindre un autre ruisseau qui coulait vers l'ouest et qu'il suivrait jusqu'à son confluent avec la Dease. Là, il trouverait une cache sous un canoë retourné recouvert d'un imposant tas de cailloux.

Dans cette cache il y aurait des munitions pour son arme vide, des hameçons, des lignes et un petit filet – tout le nécessaire pour piéger et tuer de la nourriture. Et aussi, il y trouverait de la farine – pas beaucoup – un morceau de bacon et quelques haricots.

Bill l'attendrait là. Tous les deux, ils descendraient la Dease à la pagaie vers le sud, jusqu'au Grand Lac de l'Ours. Ils continueraient vers le sud à travers le lac, toujours vers le sud, pour rejoindre le Mackenzie. Et puis au sud, encore au sud, ils continueraient alors que l'hiver courrait en vain après eux, que de la glace se formerait le long des rives, que les jours deviendraient froids et piquants. Au sud, jusqu'à quelque comptoir bien chauffé de la Compagnie de la baie d'Hudson, là où les arbres poussent hauts et touffus, où on trouve des vivres autant qu'on en veut.

Telles étaient les pensées de l'homme tandis qu'il se battait pour aller de l'avant. Mais si fort que lutte son corps, son esprit luttait avec une énergie égale, en s'efforçant de penser que Bill ne l'avait pas abandonné, que Bill l'attendrait sûrement à la cache. Il était obligé d'avoir ces pensées sinon il ne lui aurait servi à rien de se battre : autant aurait valu qu'il se couche pour mourir. Et, pendant que le cercle obscurci du soleil sombrait lentement au nord-ouest, il parcourut mentalement et à plusieurs reprises, chaque mètre de leur future fuite vers le sud avec Bill devant l'hiver qui arrivait.

Encore et encore, il faisait la liste des vivres de la cache et de celles du comptoir de la Compagnie de la baie d'Hudson. Il n'avait pas mangé depuis deux jours. Et depuis beaucoup plus longtemps, il n'avait pas pu manger autant qu'il le voulait. Souvent il s'arrêtait pour cueillir des baies pâles, les mettaient dans la bouche, les mâchaient, les avalaient. Les baies de ce type, c'est une graine entourée d'eau. Dans la bouche, l'eau fond et la graine est dure et amère. L'homme savait que les baies ne nourrissent pas mais il les mâchait patiemment, plein d'un espoir qui était plus grand que le savoir et qui défiait l'expérience.

À neuf heures, il se cogna un orteil contre le rebord d'une roche ; il tituba puis tomba, tant il était fatigué et faible. Il resta allongé sur le côté un moment, sans bouger. Puis il se délivra des courroies du sac et se mit maladroitement en position assise. Il ne faisait pas encore sombre et dans la lumière du crépuscule qui s'attardait, il chercha à tâtons parmi les pierres des restes de mousse sèche. Quand il en eut ramassé assez pour faire un feu – un feu faible qui fumait beaucoup – il posa dessus un pot en fer plein d'eau pour la faire bouillir.

Il déballa son balluchon et la première chose qu'il fit fut de compter ses allumettes. Il y en avait soixante-sept. Il les compta trois fois, pour être sûr. Il les divisa en plusieurs paquets qu'il enveloppa dans du papier huilé. Il plaça un paquet dans sa blague à tabac vide, un autre dans la doublure de son chapeau cabossé, un troisième sous la chemise, contre sa poitrine. Cela fait, il eut un accès de panique ; il les désemballa toutes et les recompta. Il y en avait toujours soixante-sept.

Il fit sécher près du feu ses chaussettes et ses chaussures mouillées. Les mocassins n'étaient plus que lambeaux détrempés. Les chaussettes, coupées dans des couvertures, étaient trouées par endroits. Ses pieds, mis à nu, saignaient. Sa cheville était enflée ; il l'examina. Elle avait la taille de son genou. Il déchira une bande de tissu dans sa couverture et la banda bien serré. Il déchira d'autres bandes dont il s'enveloppa les pieds pour servir à la fois de mocassins et de chaussettes. Il but le pot d'eau, presque bouillante, remonta sa montre et se glissa entre ses couvertures.

Il dormit comme un mort. Le bref moment d'obscurité, vers minuit, vint et s'en alla. Le soleil se leva au nord-est – du moins le jour blanchit-il de ce côté-là, car le soleil était caché par des nuages gris.

À six heures il s'éveilla, tranquillement couché sur le dos. Il fixa le ciel gris et sentit qu'il avait faim. Au moment où il se tournait sur le coude, il fut surpris par un fort reniflement et vit un caribou mâle qui le regardait avec curiosité. L'animal ne se tenait pas à plus de cinquante pas de lui et, instantanément, dans la tête de l'homme, surgit la vision d'un steak de caribou en train de cuire en grésillant sur un bon feu. Machinalement, il saisit le fusil vide, visa et appuya sur la détente. La bête renifla et s'en alla en bondissant. Ses sabots claquèrent et résonnèrent sur les rochers tandis qu'il fuyait.

L'homme jura et rejeta l'arme vide loin de lui. Il gémit à voix haute quand il commença à se remettre sur ses pieds. C'était une tâche ardue et lente. Ses articulations étaient comme des charnières rouillées. Elles jouaient péniblement dans leurs alvéoles, avec un fort frottement, et se courber ou se redresser ne pouvait s'accomplir qu'au prix d'un réel effort de volonté. Quand il fut sur ses pieds, il lui fallut une minute ou deux pour finir de se redresser, afin de se tenir droit comme doit le faire un homme.

Il se traîna jusqu'à une petite butte et observa les environs. Il n'y avait pas d'arbres, pas de buissons, rien qu'une mer grise de mousse parsemée chichement de rochers gris, de mares grises, de ruisselets gris. Le ciel était gris. Il n'y avait ni soleil ni trace du soleil. Il n'avait pas idée d'où était le nord et il avait oublié le chemin par lequel il était arrivé jusque-là, la veille au soir. Mais il n'était pas perdu. Il le savait. Bientôt il arriverait à la terre des petits bâtons. Il sentait qu'elle se trouvait quelque part à l'est, pas bien loin, peut-être juste derrière la prochaine colline basse.

Il revint faire son sac pour reprendre sa route. Il s'assura de l'existence des trois paquets d'allumettes mais n'alla pas jusqu'à les recompter. Il s'attarda à s'interroger à propos d'un sac rebondi en cuir d'élan. Il n'était pas gros. Il pouvait le cacher complètement en le couvrant de ses deux mains. Il savait qu'il pesait quinze livres – autant que le reste de ses bagages – et cela le préoccupait. Il le mit de côté et s'agenouilla afin de rouler son balluchon. Il s'interrompit pour regarder le sac en cuir d'élan. Il le ramassa à la hâte, le regard plein de défiance, comme si le désert autour de lui essayait de le voler. Et quand il se mit sur ses pieds pour commencer sa journée de marche chancelante, le sac était dans le bagage, sur son dos.

Il se dirigea vers la gauche, s'arrêtant de temps en temps pour manger des baies. Sa cheville était raide, son boitement plus marqué, mais la douleur qu'elle lui causait n'était rien à côté de celle de son estomac. Les tiraillements de la faim étaient aigus. Ils rongeaient et rongeaient, au point qu'il ne pouvait plus garder son esprit concentré sur le chemin qu'il fallait suivre pour atteindre la terre des petits bâtons. Les baies n'apaisaient pas ce rongement tout en lui irritant la langue et le palais.

Il atteignit une vallée où des lagopèdes s'envolèrent des replats rocheux et des tourbières dans un vrombissement d'ailes. « Ker ! Ker ! Ker ! » crièrent-ils. Il leur jeta des pierres mais sans les atteindre. Il posa son sac et s'approcha d'eux comme le fait un chat quand il chasse un moineau. Les rocs pointus déchirèrent les jambes de son pantalon au point que ses genoux laissèrent une trace sanglante. La douleur se fondit dans celle que lui causait la faim. Il rampa sur la mousse mouillée, saturant d'eau ses vêtements et se gelant le corps, mais il n'en eut pas conscience tant était forte son envie de nourriture. Les lagopèdes s'envolèrent en vrombissant devant lui. Leurs « ker ! ker ! ker ! » semblèrent se moquer de lui. Il les maudit, et cria fort en imitant leur propre cri !

À un moment, en rampant, il tomba sur un oiseau qui devait dormir. Il ne le vit pas avant que l'animal le heurte au visage quand il s'envola de sur son rocher. Il fit un geste pour le saisir, aussi machinal que l'envol de l'oiseau, et se retrouva avec trois plumes de la queue à la main. En le regardant s'éloigner, il se mit à le haïr, comme s'il lui avait fait un tort terrible. Puis il revint sur ses pas et rechargea le sac sur son dos

À mesure que la journée s'écoula, il traversa des vallées où le gibier était plus abondant. Un troupeau de caribous passa à côté, vingt et quelques animaux, terriblement tentants, à portée de fusil. Il éprouva une envie violente de les poursuivre, la certitude qu'il pourrait les rattraper à la course. Un renard noir vint vers lui, un lagopède mort dans la gueule. L'homme cria. C'était un cri terrifiant mais le renard, s'il eut peur et s'enfuit, ne lâcha pas le lagopède.

Tard dans l'après-midi, il suivit un ruisseau dont l'eau était laiteuse à cause du limon qu'elle charriait.

Il coulait au milieu de touffes éparses de joncs. En saisissant fermement ces joncs près de la racine, il arracha ce qui ressemblait à un jeune oignon, pas plus gros qu'un ongle. C'était tendre et ses dents plongèrent dedans avec un bruit délicieusement prometteur de nourriture. Mais les fibres étaient dures. Et l'oignon était composé de filaments saturés d'eau, comme les baies, et dépourvus de valeur nutritive. Il jeta son sac et s'avança à quatre pattes dans les roseaux, en croquant et en mâchant, pareil à une créature bovine.

Il était tout à fait épuisé et, souvent, éprouvait l'envie de se reposer – se coucher et dormir. Mais il était continuellement poussé en avant, moins par son désir d'atteindre la terre des petits bâtons que par sa faim. Il fouilla des petites mares en quête de grenouilles, et creusa la terre avec ses ongles pour trouver des vers ; pourtant, il savait qu'il n'y avait ni vers ni grenouilles aussi loin au nord.

Il regarda vainement dans chaque mare jusqu'à ce que, alors que commençait le long crépuscule, il découvrit, dans une d'elles, un poisson solitaire, de la taille d'un vairon. Il plongea le bras dans l'eau jusqu'à l'épaule mais le manqua. Il tenta de le saisir à deux mains en agitant le fond blanchâtre de la mare. Dans son excitation, il tomba dedans, en se mouillant jusqu'à la taille. À ce moment-là, l'eau était trop boueuse pour qu'on puisse voir le poisson ; il fut contraint d'attendre que les sédiments se déposent.

La poursuite recommença jusqu'à ce que l'eau soit trouble de nouveau. Mais il ne put pas attendre. Il déballa le seau en fer et commença à vider la mare.

Il écopa, sauvagement d'abord, en s'éclaboussant et en jetant l'eau si peu loin qu'elle revenait dans la mare. Il s'activa alors plus soigneusement, s'efforçant de rester calme, alors que le cœur lui battait contre la poitrine et que ses mains tremblaient. Au bout d'une demi-heure, la mare était presque à sec. Il ne restait même pas une tasse d'eau. Et il n'y avait pas de poisson. Il découvrit une crevasse dans les pierres par laquelle il s'était enfui dans une mare plus grande – une mare qu'il n'aurait pas vidée en un jour et une nuit. S'il avait vu la crevasse avant, il aurait pu la boucher avec des pierres et le poisson serait sien.

En y pensant, il se laissa aller et tomba sur la terre humide. Il pleura, d'abord en silence puis tout fort face à la désolation impitoyable qui l'enserrait de tous les côtés. Un long moment plus tard, il était encore secoué de gros sanglots.

Il fit du feu et se réchauffa en buvant de grands quarts d'eau chaude. Puis il établit le camp de la même façon que la veille, sur un affleurement rocheux. Les dernières choses qu'il fit furent de vérifier que ses allumettes étaient sèches et de remonter sa montre. Les couvertures étaient mouillées et collantes. La douleur de sa cheville était lancinante. Mais il savait seulement qu'il avait faim, et tout le temps qu'il dormit sans se reposer, il rêva de festins, de banquets et de nourriture servie et présentée de toutes les façons imaginables.

Il s'éveilla gelé et malade. Il n'y avait pas de soleil. Le gris de la terre et du ciel était devenu sombre, plus profond. Un vent âpre soufflait et les premiers flocons de neige blanchissaient le sommet des collines. L'air autour de lui s'épaissit et devint plus blanc tandis qu'il faisait du feu et chauffait de l'eau. C'était de la neige fondue désormais, mêlée de pluie, et les flocons étaient gros et mous. Au début, ils fondirent aussitôt qu'ils touchèrent la terre mais il en tomba encore. Ils recouvrirent le sol, éteignirent le feu, gâtèrent sa réserve de mousse à brûler.

Ce fut le signal pour lui de refaire son sac et de repartir en titubant, il ne savait pas où. Il n'était plus concerné par la terre des petits bâtons, ni par Bill, ni par la cache sous le canoë retourné près de la rivière Dease. Il était sous la domination du verbe « manger ». Il était fou de faim. Il ne se préoccupa pas de la direction qu'il prenait tant qu'elle le menait au fond des petites vallées. Il fit son chemin à travers la neige fondante jusqu'aux baies remplies d'eau et, au hasard, arracha des joncs en tirant sur leurs racines. C'était une pitance sans goût qui ne le satisfit pas. Il trouva une plante qui avait un goût amer. Il en mangea autant qu'il put, ce qui fut peu, car elle rampait sur le sol et se trouvait cachée sous plusieurs centimètres de neige.

Il n'eut pas de feu cette nuit-là, ni d'eau chaude. Il se glissa sous la couverture pour y dormir d'un sommeil troublé par la faim. La neige tourna à la pluie froide. Il se réveilla plusieurs fois et la sentit tomber sur son visage. Le jour vint – un jour gris, sans soleil. Il avait cessé de pleuvoir. Sa faim avait perdu son mordant. La sensibilité, du moins celle en rapport avec la nourriture, s'était calmée. Il y avait une douleur sourde et lourde dans son estomac mais celui-ci ne le tourmentait plus autant. L'homme redevint plus raisonnable et, de nouveau, fut surtout préoccupé par la terre des petits bâtons et la cache près de la Dease.

Il déchira le restant d'une de ses couvertures en bandes dont il enveloppa ses pieds qui saignaient. Il resangla également sa cheville blessée, et se prépara pour une journée de voyage. Quand il refit son bagage, il s'arrêta longuement sur le sac en cuir d'élan. Finalement, le sac repartit avec lui.

La neige avait fondu sous la pluie et seuls les sommets des collines restaient blancs. Le soleil parut et il parvint à repérer les points cardinaux. Seulement il sut que, à présent, il s'était égaré. Peut-être, durant ses précédentes journées d'errance, avait-il dévié trop loin vers la gauche. Il se dirigea vers la droite pour tenter de contrebalancer son écart de la bonne route.

Même si les tiraillements de la faim n'étaient plus aussi pressants, il comprit qu'il était faible. Il fut contraint de faire des pauses fréquentes pour se reposer, quand il s'attaquait aux baies et aux touffes de joncs. Il sentit que sa langue était sèche, gonflée et comme recouverte de fins poils. Il avait un goût amer dans la bouche. Son cœur lui causait beaucoup de tracas. Aussitôt qu'il avait marché pendant quelques minutes, il commençait à battre impitoyablement, boum ! boum ! boum ! et puis il faiblissait et passait à une série de pulsations douloureuses qui faisaient s'étouffer l'homme, l'affaiblissaient, lui donnaient le tournis.

À la mi-journée, il trouva deux vairons dans une grande mare. Il était impossible de la vider mais il était plus calme désormais et parvint à les capturer dans le seau. Ils n'étaient pas plus longs que son petit doigt mais il n'avait pas particulièrement faim. La douleur sourde de son estomac s'était encore assourdie et affaiblie. Il semblait presque que son estomac s'était assoupi. Il mangea les poissons crus, en les mâchant avec soin, car manger était devenu un acte de pure raison. Même s'il n'en avait aucune envie, il savait qu'il devait manger pour vivre.

Le soir, il prit trois autres vairons ; il en mangea deux et garda le troisième pour le petit déjeuner. Le soleil avait séché les brins de mousse morte : il put se réchauffer en buvant de l'eau chaude. Il n'avait pas fait plus d'une quinzaine de kilomètres ce jour-là. Et le lendemain, en marchant autant que le lui permit son cœur, il n'en parcourut que la moitié. Mais, au moins, son estomac ne le dérangea pas du tout ; il s'était endormi. Il traversait une contrée inconnue où les caribous étaient plus nombreux, et les loups aussi. Souvent leurs jappements s'élevaient à travers la désolation, et, une fois, il en vit trois qui filaient timidement devant lui.

Une autre nuit. Et, le matin, devenu plus raisonnable, il défit le lien en cuir qui fermait le sac en cuir d'élan. Par l'ouverture, il coula un petit flot jaune de poudre d'or et de pépites. Il partagea approximativement l'or en deux moitiés, en dissimula une sur un affleurement rocheux, enveloppée dans un morceau de couverture et replaça l'autre dans le sac. Il utilisa aussi des bandes de la dernière couverture qu'il lui restait pour s'envelopper les pieds. Il garda le fusil avec lui car il y avait des munitions dans la cache de la Dease. C'était un jour de brouillard. Et, ce jour-là, la faim se réveilla. Il se sentait très faible et, par moments, des vertiges le rendaient aveugle. Il n'était plus du tout rare qu'il trébuche et tombe. Une fois, en trébuchant, il tomba justement dans un nid de lagopède. Il y avait quatre poussins fraîchement éclos, vieux d'un jour – des petits grains de vie palpitante, pas plus d'une bouchée. Il les mangea voracement, en les fourrant vivant dans la bouche et en les broyant comme des coquilles d'œuf entre les dents. La mère lagopède voletait autour de lui en poussant de grands cris. Il se servit du fusil comme d'une massue pour essayer de l'abattre mais elle se maintint hors de portée. Il lui lança des pierres, et un coup chanceux lui brisa une aile. Alors elle s'enfuit en trottant, laissant traîner son aile pendante, avec lui à sa poursuite.

Les petits poussins avaient juste aiguisé son appétit. Il sautillait et clochait maladroitement à cause de sa cheville, en jetant des pierres et en poussant des cris rauques par intervalle. Parfois, il avançait, clopin-clopant, en silence, se relevant gravement et avec patience quand il tombait, ou se frottant les yeux avec la main quand les vertiges menaçaient de prendre le dessus.

La poursuite le mena à travers un terrain détrempé au fond de la vallée. Là, il tomba sur des traces de pas dans la mousse molle. Ce n'était pas les siennes – il le vit bien. Ce devait être celles de Bill. Il ne put pas s'arrêter car la mère lagopède courait toujours.

Il l'attraperait d'abord puis reviendrait faire des recherches.

Il épuisa la mère lagopède, seulement il s'épuisa aussi. Elle se coucha, haletante, sur le côté. Il se coucha sur le côté, à une douzaine de pas, incapable de ramper jusqu'à elle. Et quand il se remit d'aplomb, elle se remit aussi, et elle échappa à la main affamée qui s'apprêtait à la saisir. La chasse reprit. La nuit tomba et elle s'échappa finalement. Il trébucha à cause de la fatigue et tomba la tête en avant, sur le ventre, en se coupant à la joue. Son sac toujours sur le dos, il demeura sans bouger un long moment. Il se tourna ensuite sur le côté, remonta sa montre et demeura couché là jusqu'au matin.

Un autre jour de brouillard. La moitié de sa dernière couverture lui avait servi à se bander les pieds. Il ne parvint pas à retrouver les traces de Bill. Cela n'avait pas d'importance. Sa faim le menait de façon trop exclusive – juste, il se demandait si Bill, lui aussi, s'était perdu. Vers midi, la charge que constituait son sac devint trop accablante. De nouveau, il partagea l'or. Cette fois, il se contenta d'en verser une moitié sur le sol. Dans l'après-midi, il jeta le reste. Il n'eut plus que la demi-couverture, le seau en fer blanc et le fusil.

Une hallucination commença à le perturber. Il se crut certain qu'il lui restait une cartouche. Elle était restée dans le magasin du fusil et il n'y avait pas fait attention. D'un autre côté, il savait que le magasin était vide. Mais l'hallucination persistait. Il la combattit des heures et des heures durant puis il ouvrit le fusil et fut confronté au fait qu'il était vide. Sa déception fut aussi grande que s'il s'était réellement attendu à trouver la cartouche.

Il marcha pendant une demi-heure avant que l'hallucination ne reprenne. De nouveau il la combattit, et elle, elle persista jusqu'à ce que, à son grand soulagement, il ouvre le fusil pour se détromper lui-même. Par moments, son esprit vagabondait au loin et il continuait d'avancer comme un automate tandis que des idées bizarres et fantasques lui grignotaient le cerveau comme des vers. Mais ces excursions hors du réel étaient brèves car, toujours, les tiraillements de la faim le ramenaient à lui. Il fut ainsi brutalement tiré d'une de ces excursions par une vision qui manqua le faire s'évanouir. Il roula et tangua, titubant comme un homme ivre qui s'efforce de ne pas tomber. Devant lui se tenait un cheval. Un cheval ! Il ne put pas en croire ses yeux. Une épaisse brume les emplissait, mêlée de points brillants de lumière. Il les frotta sauvagement pour dissiper la vision et reconnut non pas un cheval mais un grand ours brun. L'animal l'observait avec une curiosité belliqueuse.

L'homme était en train d'épauler son fusil quand il se ravisa. Il le baissa et tira son couteau de chasse du fourreau garni de perles qu'il portait à la hanche. Devant lui il y avait de la vie et de la viande. Il passa le pouce sur le fil de la lame. Elle était aiguisée. La pointe était aiguë. Il se jetterait sur l'ours et le tuerait. Mais son cœur commença sa mise en garde : boum ! boum ! boum ! Suivirent les grands bonds désordonnés, le battement précipité des pulsations, la pression, pareille à celle d'une bande métallique sur son front, l'invasion de son cerveau par le vertige.

Son courage désespéré laissa place à une grande bouffée de peur. Dans sa faiblesse, que se passerait-il si l'animal attaquait ? Il prit la posture la plus imposante possible, serrant son couteau et fixant l'ours durement. L'animal fit deux pas maladroits en avant, recula, émit un grognement pour le tester. Si l'homme fuyait, il courrait après lui. Mais l'homme ne courut pas. Il était habité, à présent, par le courage que donne la peur. Lui aussi grogna, sauvagement, terriblement, exprimant la peur, qui est cousine de la vie et qui demeure lovée dans les racines les plus profondes de la vie.

L'ours s'éloigna en marchant de côté et en grognant de façon menaçante, effrayé à son tour par cette créature qui se tenait debout et n'avait pas peur. L'homme ne bougea pas. Il demeura pareil à une statue jusqu'à ce que le danger soit passé. Après quoi, il fut pris d'un accès de tremblements et tomba dans la mousse mouillée.

Il se ressaisit et continua, en proie désormais à une nouvelle angoisse. Ce n'était pas la peur de mourir passivement par manque de nourriture mais celle d'être détruit violemment avant que la famine ait épuisé la dernière particule de l'effort qu'il faisait pour survivre. Il y avait les loups. Derrière et devant, à travers la désolation, s'élevaient leurs hurlements. Ils transformaient l'air en un tissu de menaces qui était à ce point palpable et concret qu'il lui arriva de vouloir le repousser en tendant les bras, comme il l'aurait fait de la paroi d'une tente gonflée par le vent.

De temps à autre, des loups, en groupes de deux ou trois, croisaient son chemin. Mais ils s'écartaient de lui. Ils n'étaient pas en nombre suffisant et, en plus, ils chassaient le caribou, qui ne se défend pas, alors que cette étrange créature qui marchait debout pouvait griffer et mordre.

Tard dans l'après-midi, il parvint à des os éparpillés à un endroit où les loups avaient tué. Ces débris étaient encore un jeune caribou une heure plus tôt, meuglant, courant, et très en vie. Il contempla les os, bien nettoyés et brillants, rose à cause de la vie cellulaire qui était en eux et qui n'était pas morte encore. Se pourrait-il qu'il soit réduit à ça avant que le jour s'achève ? La vie était ainsi, hein ! Une chose vaine et flottante. C'était seulement la vie qui faisait mal. Il n'y avait pas de souffrance dans la mort. Mourir, c'était dormir. Cela signifiait l'arrêt, le repos. Alors, pourquoi n'était-il pas satisfait de mourir ?

Néanmoins, il ne philosopha pas longtemps. Il était à quatre pattes sur la mousse, un os dans la bouche, à sucer les restes de vie qui le coloraient encore faiblement de rose. Le goût agréable de viande, mince et évocateur à la façon, presque, d'un souvenir, le rendit fou. Il referma la mâchoire sur l'os et mastiqua. Quelques fois ce furent les os qui cassèrent, quelques fois ce furent ses dents. Après quoi, il écrasa les os avec des pierres, les réduisit en une pulpe et les avala. Il écrasa son doigt également, dans sa précipitation, et trouva même le temps de s'étonner que ses doigts ne lui fassent pas tellement mal quand ils se faisaient attraper par la pierre avec laquelle il tapait.

Vinrent des jours terribles avec, à nouveau, la neige et la pluie. Il ne sut plus quand il campait, quand il levait le camp. Il se déplaçait de nuit aussi bien que de jour. Il se reposait chaque fois qu'il tombait, avançait chaque fois que la vie qui mourait en lui se ranimait et brûlait moins faiblement. Lui, en tant qu'homme, ne luttait plus. C'était la vie en lui, refusant de mourir, qui le menait de l'avant. Il ne souffrait pas. Ses nerfs émoussés étaient devenus insensibles tandis que son esprit était plein de folles visions et de rêves délicieux.

Il continua de sucer et de mâcher les os du jeune caribou qu'il avait ramassés et emportés. Il ne traversait plus de collines ou de monticules mais suivait de façon mécanique un important cours d'eau qui coulait dans une vallée large et profonde. Il ne voyait ni la rivière ni la vallée. Il ne voyait rien sauf des visions. Son corps et son âme marchaient ou se traînaient côte à côte, déjà à part tant était ténu le fil qui les reliait.

Il s'éveilla avec tout son bon sens alors qu'il était allongé sur le dos sur un rebord rocheux. Le soleil brillait, clair et chaud. Au loin il perçut le meuglement de jeunes caribous. Il avait le vague souvenir de pluie, de vent, de neige mais s'il avait été battu par la tempête pendant deux jours ou deux semaines, il ne le savait pas.

Pendant un moment, il resta sans faire de mouvement ; le génial soleil déversait sur lui sa chaleur et en saturait son corps misérable. Une belle journée, pensa-t-il. Peut-être parviendrait-il à se repérer. Au prix d'un douloureux effort, il se fit rouler pour se mettre sur le côté. Au-dessous de lui coulait une rivière large et lente. Son aspect peu familier le frappa. Lentement, il la suivit des yeux. Elle ondulait en grands méandres à travers les collines nues et désolées, plus nues, plus désolées et plus basses que toutes les collines qu'il avait déjà vues. Paisiblement, posément, sans excitation ni rien de plus qu'un intérêt de circonstance, il suivit le cours de cette étonnante rivière jusqu'à la ligne d'horizon et découvrit qu'elle se jetait dans une mer claire et brillante. Il demeura sans émotion. Tout à fait inhabituel, pensa-t-il. Une vision ou un mirage – plus probablement une vision, un mauvais tour de son esprit dérangé. Il fut confirmé dans cette opinion par la vue d'un bateau à l'ancre au milieu de cette mer brillante. Il ferma les yeux un moment, les rouvrit. Étrange que la vision persiste. En même temps pas si étrange. Il savait qu'il n'y avait pas de mer ni de bateau à l'intérieur de ces terres désolées, juste comme il savait qu'il n'y avait pas de cartouche dans le fusil.

Il entendit un reniflement derrière lui – un halètement à demi étouffé ou une toux. Très lentement, à cause de sa raideur et de sa fatigue excessive, il se tourna sur l'autre côté. Ne pouvant rien voir à proximité, il attendit patiemment. À nouveau se firent entendre le reniflement et la toux, et, encadré par deux rochers déchiquetés, à moins d'une vingtaine de pas, il distingua la tête grise d'un loup. Les oreilles pointues n'étaient pas aussi droites que celles qu'il avait vues sur d'autres loups. Les yeux étaient bouffis et injectés de sang, la tête semblait triste et tombait mollement. L'animal clignait des yeux sans arrêt à cause du soleil. Il semblait malade. Il renifla et toussa de nouveau tout en regardant.

Ceci, au moins, était vrai, pensa-t-il. Il se tourna de l'autre côté pour voir en vrai le monde qui lui avait été dissimulé auparavant par sa vision. Mais la mer brillait toujours dans le lointain et le bateau était toujours visible. Était-ce la réalité, après tout ? Un long moment il garda les yeux fermés, pour réfléchir et, d'un coup, ça lui vint. Il avait fait route vers le nord-est, loin des collines de la Dease pour arriver dans la vallée de la Coppermine. Cette rivière large et lente était la Coppermine. Et la mer brillante, l'océan Arctique. Le bateau était un baleinier qui s'était écarté à l'est, loin à l'est, de l'embouchure du Mackenzie, et il était à l'ancre dans le golfe du Couronnement. Il se souvint de la carte de la Compagnie de la baie d'Hudson qu'il avait vue voilà bien longtemps. Tout était clair et raisonnable.

Il se mit sur son séant et se concentra sur les affaires immédiates. Il avait complètement usé les bandes de couverture et ses pieds étaient des blocs informes de viande crue. Sa dernière couverture avait disparu. Couteau et fusil manquaient l'un et l'autre. Il avait perdu son chapeau quelque part, avec le paquet d'allumettes qui était dans la doublure. Les allumettes placées contre sa poitrine, en revanche, étaient sauves et sèches dans la blague à tabac et le papier huilé. Il regarda sa montre. Elle marquait onze heures et marchait toujours. À l'évidence, il avait continué de la remonter.

Il était calme et concentré. Quoique très fatigué, il ne ressentait aucune douleur. Il n'avait pas faim. Penser à de la nourriture ne lui était même pas agréable et tout ce qu'il fit lui fut dicté par la seule raison. Il déchira les jambes de son pantalon au genou et les enroula autour de ses pieds. Sans qu'il sût comment, il avait conservé le seau en fer blanc. Il boirait de l'eau chaude avant d'entreprendre ce qu'il pressentait comme un terrible trajet jusqu'au bateau.

Ses mouvements étaient lents. Il tremblait comme s'il était pris de paralysie. Quand il commença à ramasser de la mousse sèche, il sentit qu'il ne pouvait pas se mettre sur ses pieds. Il essaya encore, puis se résigna à marcher à quatre pattes. Une fois, il s'approcha du loup malade. À contrecœur, l'animal se mit hors du passage, en se léchant les babines avec une langue qu'il semblait avoir du mal à retrousser. L'homme remarqua qu'elle n'était pas du rouge habituel, signe de bonne santé. Elle était d'un marron jaunâtre et semblait recouverte d'un mucus rêche et à moitié sec.

Après avoir bu un quart d'eau chaude l'homme constata qu'il pouvait se tenir debout et, même, marcher autant qu'un mourant est supposé pouvoir le faire. Toutes les minutes, à peu près, il était obligé de se reposer. Ses pas étaient faibles et indécis, comme l'étaient aussi ceux du loup qui était sur sa trace. À la nuit, quand la mer brillante fut absorbée par l'obscurité, il sut qu'il s'en était rapproché de six kilomètres seulement, tout au plus.

Toute la nuit il entendit la toux du loup et, de temps en temps, le meuglement des petits caribous. Il y avait de la vie tout autour de lui mais c'était de la vie forte, très vivante et en bonne santé. Il savait que le loup malade s'attache à la trace de l'homme malade dans l'espoir que l'homme mourra le premier. Le matin, en ouvrant les yeux, il le découvrit qui le fixait d'un regard nostalgique et affamé. Il se tenait accroupi, la queue entre les jambes, comme un misérable chien battu. Il frissonna dans le vent piquant du matin et sembla sourire de découragement quand l'homme lui parla d'une voix qui ne parvint pas à être plus qu'un murmure rauque.

Le soleil se leva, brillant, et toute la matinée l'homme tituba et tomba en se dirigeant vers le bateau sur la mer brillante. Le temps était parfait. C'était le bref été indien des hautes latitudes. Il pouvait durer une semaine. Demain ou le jour d'après, il pouvait être terminé.

Dans l'après-midi, l'homme trouva une trace. C'était celle d'un autre homme qui ne marchait pas mais qui se traînait à quatre pattes. L'homme pensa que ce pouvait être Bill, mais il le pensa d'une façon terne, sans y accorder d'intérêt. Il n'avait pas de curiosité. En fait, sensations et émotions l'avaient déserté. Il n'était plus accessible à la douleur. Son estomac et ses nerfs s'étaient endormis. Pourtant, la vie qui était en lui continuait de le faire avancer. Il était très las mais il refusait de mourir. C'était parce qu'il refusait de mourir qu'il mangeait encore des baies et des vairons, qu'il buvait de l'eau chaude, et qu'il gardait un œil vigilant sur le loup malade.

Il suivit la trace de l'autre homme qui s'était traîné là et en atteignit bientôt la fin – quelques os fraîchement nettoyés. La mousse détrempée portait les empreintes de très nombreux loups. Il vit un sac en cuir de caribou, le même que le sien, qui avait été mordu par des dents pointues. Il le ramassa bien que son poids fut presque excessif pour ses faibles doigts. Bill l'avait transporté jusqu'à la fin. Ha ! Ha ! Il pourrait rire de Bill ! Il survivrait et apporterait le sac à bord du bateau sur la mer brillante. Son rire était rauque, horrible, comme le croassement d'un corbeau. Le loup malade se joignit à lui, en hurlant lugubrement. Comment pourrait-il rire de Bill ? Si ça c'était Bill ; si ces os blanc-rosé et bien propres étaient Bill.

Il s'en alla. Eh bien ! Bill l'avait abandonné. Pourtant, il ne prendrait pas l'or. Et il ne sucerait pas les os de Bill. Bill l'aurait fait pourtant, si la situation avait été inverse. Ce fut ce qu'il se dit en continuant sa marche titubante. Il parvint à une mare. Alors qu'il se penchait sur l'eau en quête de vairons, il rejeta brutalement la tête en arrière, comme si quelque chose l'avait piqué. Il avait vu le reflet de son visage. Il était tellement horrible que sa sensibilité s'était éveillée juste assez longtemps pour en être choquée. Il y avait trois vairons dans la mare qui étaient trop grande pour être vidée. Après plusieurs essais infructueux pour les capturer avec le seau, il renonça. Il avait peur, du fait de son extrême faiblesse, de tomber à l'eau et de se noyer. Pour la même raison, il ne se fit pas confiance pour se lancer sur la rivière, en enfourchant un des nombreux troncs qui bordaient les anses sableuses.

Ce jour-là, il réduisit la distance entre lui et le bateau de quatre kilomètres et demi. Le jour suivant, de trois – car, désormais, il allait à quatre pattes comme Bill l'avait fait. À la fin du cinquième jour, il découvrit que le bateau était encore à un peu plus de dix kilomètres et qu'il était incapable d'en faire plus d'un et demi par jour. Pourtant, l'été indien se maintenait et il continua de ramper et de s'évanouir, tour à tour, et, toujours, le loup malade toussait et haletait sur ses talons. Ses genoux étaient devenus de la viande crue, comme ses pieds. Bien qu'il les ait protégés avec la chemise qu'il portait précédemment sur le dos, il y avait une traînée rouge qu'il laissait derrière lui sur la mousse et sur les cailloux. Une fois, en tournant la tête, il vit le loup lécher avidement sa traînée rouge ; il perçut alors avec acuité ce que pourrait être sa fin – sauf si – sauf s'il pouvait tuer le loup. Alors commença une tragédie d'existence aussi macabre qu'il s'en déroula jamais – un homme malade qui rampait, un loup malade qui boitait, deux créatures qui traînaient leurs carcasses mourantes à travers la désolation et qui chassaient la vie de l'autre.

Le loup aurait été en bonne santé, cela n'aurait pas importé autant à l'homme. Mais l'idée d'aller remplir la panse de cette chose dégoûtante et à demi morte lui répugnait. Il était plus difficile que ça. Son esprit avait recommencé à battre la campagne et à être l'objet d'hallucinations en même temps que ses moments de lucidité devenaient plus rares et plus courts.

Il fut éveillé une fois par un reniflement tout proche, dans son oreille. Le loup s'écarta en boitant, perdit l'équilibre et tomba de faiblesse. C'était ridicule mais il ne s'en amusa pas. Il n'en fut même pas effrayé, non plus. Il était trop loin de tout pour ça. Pour l'heure, il avait l'esprit clair ; il resta allongé et réfléchit. Le bateau était à plus de six kilomètres. Il le voyait très distinctement quand il se frottait les yeux pour en chasser le brouillard, de même qu'il pouvait voir la petite voile blanche d'une chaloupe qui fendait la mer brillante. Seulement, il ne pourrait pas ramper pendant six kilomètres. Il le savait et demeurait très calme en le sachant. Il savait qu'il ne pourrait pas parcourir un demi-kilomètre. Cependant, il voulait vivre. Il était déraisonnable qu'il meure après tout ce qu'il avait enduré. Le sort lui en demandait trop. Mourant, il n'acceptait pas de mourir. C'était peut-être pure folie mais, dans les griffes même de la Mort, il défiait la Mort, refusait de mourir.

Il ferma les yeux et se prépara avec un soin infini. Il se raffermit pour demeurer au-dessus de cette langueur suffocante qui clapotait comme une marée montante en envahissant toutes les sources de son être. C'était tout à fait comme une mer, cette langueur mortelle, qui montait et montait et noyait sa conscience petit à petit. Parfois il était presque submergé, nageant au cœur de l'inconscience avec des mouvements qui faiblissaient. Et de nouveau, par une étrange alchimie de l'âme, il retrouvait une nouvelle parcelle de volonté et nageait plus énergiquement.

Immobile, il gisait sur le dos, et il pouvait entendre, qui s'approchaient lentement, plus près, toujours plus près, les inspirations sifflantes et les expirations – le souffle du loup malade. Il venait plus près, encore plus près, en prenant un temps infini – lui, l'homme, ne bougeait pas. Il fut à son oreille. La langue rêche et sèche lui gratta la joue comme du papier de verre. Ses mains se tendirent brusquement – ou, du moins, il voulut qu'elles se tendent brusquement. Les doigts étaient courbés comme des serres mais ils se refermèrent sur l'air. Adresse et précision exigent de la force et l'homme n'avait pas cette force.

La patience du loup était terrible. La patience de l'homme ne l'était pas moins. Pendant une demi-journée il resta allongé immobile, luttant contre l'inconscience et attendant cette chose qui allait se nourrir de lui et dont il voulait se nourrir. Parfois la mer de langueur le submergeait et il faisait de longs rêves. Mais pendant tout le temps, qu'il veille ou qu'il rêve, il attendit la respiration sifflante et la caresse rude de la langue.

Il n'entendit pas la respiration et glissa doucement d'un rêve à la sensation de la langue le long de sa main. Il attendit. Les dents pressèrent doucement. La pression augmenta. Le loup utilisait ses dernières forces pour mordre dans la nourriture qu'il avait attendue si longtemps. Mais l'homme avait attendu longtemps aussi, et la main lacérée se referma sur la mâchoire. Lentement, alors que le loup se débattait faiblement et que la main serrait faiblement, l'autre main se faufila et s'accrocha. Cinq minutes plus tard, tout le poids du corps de l'homme était sur le loup. Les mains n'avaient pas assez de force pour étouffer l'animal mais le visage de l'homme était appuyé contre la gorge du loup et sa bouche était remplie de poils. Au bout d'une demi-heure, l'homme prit conscience d'un filet tiède qui coulait dans sa gorge. Ce n'était pas plaisant. C'était comme du plomb fondu qu'on lui versait de force dans l'estomac, et ce qui le versait, c'était sa seule volonté. Plus tard, l'homme roula sur le dos et dormit.

*
* *

Il y avait quelques membres d'une expédition scientifique sur le baleinier *Bedford*. Depuis le pont, ils remarquèrent un étrange objet sur le rivage. Il descendait la plage en direction de l'eau. Ils furent incapables de dire ce dont il s'agissait et, étant des scientifiques, ils montèrent dans la chaloupe et allèrent sur le rivage reconnaître ce que c'était. Ils découvrirent alors quelque chose qui était vivant mais qu'on pouvait difficilement appeler un homme. Il rampait sur le sable comme un ver monstrueux. La plupart de ses efforts étaient sans effet mais il insistait, et se tordait et se tortillait et, finalement, avançait, peut-être de cinq ou six mètres en une heure.

*
* *

Trois semaines plus tard, l'homme était allongé sur une couchette du *Bedford* et, avec des larmes qui coulaient sur ses joues décharnées, raconta qui il était et ce qu'il avait enduré. Il parla aussi, de façon incohérente, de sa mère, de la Californie du Sud ensoleillée et d'une maison au milieu des orangeraies et des fleurs.

Il ne se passa pas beaucoup de jours avant qu'il s'assoie à table avec les scientifiques et les officiers du bord. Il jubila devant le spectacle d'autant de nourriture, et la vit disparaître dans la bouche des autres avec anxiété. À chaque bouchée qu'un autre avala, une expression de profond regret se peignit dans ses yeux. Il était sain d'esprit mais il haïssait ces hommes aux heures des repas. Il était hanté par l'inquiétude que la nourriture manque. Il interrogea le cuisinier, le garçon de cabine, le capitaine à propos des réserves de vivre. Ils le rassurèrent un nombre incalculable de fois mais il ne parvint pas à les croire et fouina, en déployant mille ruses, du côté de la cambuse pour les voir de ses propres yeux.

On remarqua que l'homme devenait gras. Il grossissait chaque jour. Les scientifiques hochèrent la tête et élaborèrent des théories. Ils ne laissèrent manger à l'homme que ses repas mais son tour de taille continua d'augmenter et il gonfla prodigieusement sous sa chemise.

Les marins rigolèrent. Ils savaient. Et quand les scientifiques se mirent à surveiller l'homme, ils surent aussi. Ils le virent se courber après le petit déjeuner et, comme un mendiant, la paume tendue, accoster un matelot. Le marin sourit et lui passa un morceau de biscuit de ration. L'homme le prit avec cupidité, le regarda comme un miséreux regarde de l'or et le mit brusquement sous son maillot. Semblables furent les dons des autres marins qui riaient. Les scientifiques restèrent discrets. Ils le laissèrent tranquille. Mais ils examinèrent sa couchette en son absence. Elle était tapissée de biscuit ; le matelas était bourré de biscuit ; chaque coin, chaque fente était remplie de biscuit. Pourtant il était sain d'esprit. Il prenait ses précautions contre une autre possible famine, voilà tout. Il en guérirait, dirent les scientifiques. Et il le fit, quand l'ancre du *Bedford* toucha le fond, dans la baie de San Francisco.

LE FILS DU LOUP

L'homme évalue rarement la femme avec exactitude, du moins tant qu'il n'en est pas privé. Il n'a aucune notion de l'atmosphère subtile qu'exhale la gent féminine aussi longtemps qu'il baigne dedans. Mais qu'elle lui soit retirée, et un manque sans cesse croissant se manifeste dans son existence ; il devient affamé, d'une manière vague, de quelque chose tellement imprécis qu'il ne parvient pas à le définir. Si ses camarades n'ont pas plus d'expérience que lui, ils hocheront la tête dubitativement et le bourreront de médicaments puissants. Mais la faim continuera et se renforcera. Il perdra tout intérêt pour les choses de la vie quotidienne, deviendra morbide. Et un jour, alors que le vide lui est devenu insupportable, une révélation lui tombera dessus.

Dans la région du Yukon, quand cela vient à se produire, l'homme se procure un bateau à voile, si c'est l'été, ou, si c'est l'hiver, harnache ses chiens et se dirige vers les terres du sud. Quelques mois plus tard, en supposant qu'il croie fermement en cette région, il s'en retourne avec une femme qui partagera sa foi et, accessoirement, ses épreuves. Cela ne sert qu'à démontrer l'égoïsme naturel de l'homme. Et nous amène aussi aux ennuis de « Scruff » Mackenzie, qui survinrent dans l'ancien temps, avant que la contrée ne soit complètement ravagée par le raz-de-marée des *che-cha-quas*[1], à une époque où la seule revendication notable du Klondike était ses pêcheries de saumon.

« Scruff » Mackenzie avait les caractéristiques d'une naissance à la frontière et d'une vie à la frontière. Son visage était marqué par vingt-cinq ans d'une lutte incessante contre la Nature dans ses aspects les plus sauvages – les deux dernières années, les plus rudes et les plus éprouvantes de toutes, il les avait passées à ramasser l'or qui se trouve dans l'ombre du Cercle polaire arctique. Quand la maladie du désir lui tomba dessus, il ne fut pas surpris. C'était un homme à l'esprit pratique et il avait vu d'autres hommes en être frappés. Lui ne montra aucun signe de son affection sauf qu'il travailla plus dur. Tout l'été, il combattit les moustiques et lava les riches bancs de sable de la Stuart River pour amasser une double paie. Ensuite, il fit descendre le Yukon à un radeau de troncs jusqu'à Forty Mile et les assembla pour en faire une cabane aussi confortable que

1. Autrement dit : pieds tendres (les nouveaux arrivant inexpérimentés, qu'il s'agisse de trappeurs, de chercheurs d'or ou autres).

n'importe quelle autre dont le campement pouvait s'enorgueillir. En fait, elle promettait d'être si agréable que beaucoup d'hommes se proposèrent comme associés pour venir habiter avec lui. Mais il écrabouilla leurs espoirs avec des propos durs, remarquables de force et de brièveté, et acheta une double provision de nourriture au poste d'approvisionnement.

Comme on l'a dit, « Scruff » Mackenzie était un esprit pratique. S'il voulait quelque chose, en général, il l'avait mais, pour y parvenir, ne sortait pas de sa routine plus que nécessaire. Quoique fils du travail et des épreuves, il était opposé à un trajet de mille kilomètres sur la glace, un deuxième de trois mille deux cents kilomètres sur l'océan et, encore, un troisième de mille six cents kilomètres, à quelque chose près, à pied – le tout fait juste pour chercher une femme. La vie était trop courte. Si bien qu'il attela ses chiens, attacha un curieux chargement sur son traîneau et se mit en route à travers les collines dont le versant ouest était drainé par les affluents de la Tanana.

C'était un voyageur solide, et ses chiens-loups pouvaient travailler plus dur et voyager plus loin avec moins de nourriture que n'importe quel autre attelage du Yukon. Trois semaines plus tard, il atteignait un camp de chasse des Sticks[1] de la haute Tanana. Ils s'émerveillèrent de sa témérité car ils avaient mauvaise réputation, censés qu'ils étaient tuer un homme blanc pour aussi peu qu'une banale hache ou fusil cassé.

---

1. Sticks : la tribu d'Amérindiens habitant l'essentiel du sud de l'Alaska (États-Unis) et du Yukon (Canada).

Mais il alla vers eux en solitaire, son comportement fut un subtil mélange d'humilité, de familiarité, de sang-froid et d'insolence. Manipuler efficacement des armes aussi variées exigeait beaucoup d'habileté et une profonde connaissance de leur mentalité barbare. Mais il était un artiste consommé dans cet art-là, sachant quand il fallait se montrer conciliant et quand menacer, avec des accès de colère dignes de Jupiter.

Il fit d'abord obédience au chef Thling-Tinneh, en lui offrant un couple de livres de thé noir et de tabac et, de la sorte, s'attira sa sympathie. Ensuite il se mêla aux hommes et aux jeunes filles puis, ce soir-là, organisa un potlatch[1]. La neige fut tassée sur un espace en forme de rectangle d'environ une centaine de pieds de long sur quatre fois moins de large. Au centre, on bâtit un grand feu tandis que les deux côtés étaient tapissés de branches d'épicéas. Les tentes furent alors désertées et les cinq vingtaines de membres de la tribu entonnèrent les chants traditionnels en l'honneur de leur hôte.

Les deux ans que « Scruff » Mackenzie avaient passés au nord lui avaient permis d'apprendre les quelques centaines de mots de leur vocabulaire, de même qu'il avait assimilé leurs sons gutturaux, leurs tournures, leurs expressions proches du japonais et leurs particules honorifiques agglutinantes. Aussi fit-il une harangue à leur façon, satisfaisant leur amour ins-

1. Cadeaux faits ou échangés au cours d'une cérémonie rituelle. Le terme, emprunté à la langue nootka, désigne ici la cérémonie elle-même.

tinctif de la poésie par des envolées d'éloquence rudimentaires et des contorsions métaphoriques. Après que Thling-Tinneh et le chaman eurent répondu gentiment, il fit de petits présents aux hommes, se joignit à leurs chants et s'avéra être un expert de leur jeu des cinquante-deux bâtonnets.

Ensuite, ils fumèrent son tabac et furent contents. Mais parmi les hommes les plus jeunes il subsista une attitude de défiance, un esprit de forfanterie que rendirent faciles à comprendre les insinuations crues des squaws édentées et les gloussements des jeunes filles. Ils avaient connu peu d'hommes blancs, les fils du loup comme ils disaient, mais ils en avaient appris d'étranges leçons.

De son côté, « Scruff » Mackenzie, même s'il sembla ne pas s'en soucier, ne manqua pas de remarquer ces phénomènes. En réalité, une fois qu'il se fut enroulé dans ses fourrures pour dormir, il y repensa, réfléchit sérieusement et vida plus d'une pipe en mettant au point son plan de campagne. Une seule jeune fille lui avait plu – personne d'autre que Zarinska, la fille du chef. Pour les traits, la silhouette et l'allure, comme elle correspondait plutôt au type de beauté de l'homme blanc, elle était presque une anomalie au milieu de ses sœurs de la tribu. Il en prendrait possession, en ferait sa femme et la nommerait... Ah ! il lui donnerait le nom de Gertrude ! Ayant pris ces décisions, il se coucha sur le côté et sombra dans le sommeil, en vrai fils de sa race conquérante, tel Samson au milieu des Philistins.

Ce fut un travail lent et un jeu délicat mais « Scruff » Mackenzie manœuvra avec ruse, avec une insouciance qui lui servit à embarrasser les Sticks. Il prit grand soin de persuader les hommes qu'il était un excellent coup de fusil et un grand chasseur, et le camp retentit d'applaudissements quand il abattit un élan à presque six cents mètres de distance. Une nuit, il visita la tente en peaux de morses et de caribous du chef Thling-Tinneh ; il dispensa le tabac d'une main généreuse. Il ne manqua pas d'accorder le même honneur au chaman car il était conscient de l'influence que le *medecine-man* avait sur son peuple et tenait à s'en faire un allié. Mais ce puissant personnage était hautain et fier ; il refusa de se laisser conquérir et fut aussitôt catalogué comme un ennemi potentiel.

Bien qu'aucune occasion ne se présentât pour une entrevue avec Zarinska, Mackenzie lui lança plusieurs regards qui l'informèrent clairement de ses intentions. Elle les comprit parfaitement et, avec beaucoup de coquetterie, s'entoura d'un cercle de femmes chaque fois que les hommes s'absentèrent et qu'il eut une chance de l'approcher. Seulement il n'était pas pressé ; en plus, il savait qu'elle ne pourrait pas s'empêcher de penser à lui. Quelques journées consacrées à de telles pensées ne pourraient que servir son projet.

Enfin, un soir, quand il lui sembla que le moment était venu, il quitta brusquement la tente enfumée du chef pour gagner à la hâte un logis voisin. Comme à son habitude, Zarinska était assise avec des squaws et des jeunes filles autour d'elle, toutes occupées à coudre des mocassins ou des décors en perles. Elles rirent à son entrée, et des plaisanteries badines, qui les mettaient en cause, Zarinska et lui, fusèrent. Seulement, l'une après l'autre, elles furent poussées dehors, sous la neige, sans cérémonie et coururent raconter l'affaire dans tout le campement.

La cause de Mackenzie fut bien plaidée, dans sa langue à elle, car elle ne parlait pas la sienne ; au bout de deux heures, il se leva pour partir.

— Zarinska viendra à la cabane de l'homme blanc ? Bon ! Je vais maintenant avoir une conversation avec ton père, car il peut ne pas être de cet avis. Et je lui donnerai beaucoup de cadeaux mais il ne faut pas qu'il demande trop. S'il dit non ? Bon ! Zarinska ira quand même à la cabane de l'homme blanc !

Il avait déjà relevé le rideau en peaux de bêtes pour partir quand une exclamation sourde le ramena à côté de la fille. Elle s'était mise à genoux, sur le tapis en peau d'ours, le visage illuminé d'une authentique expression de fille d'Ève. Timidement, elle déboucla la lourde ceinture de Mackenzie qui la regarda, perplexe et méfiant, l'oreille attentive au moindre bruit à l'extérieur. Mais un nouveau geste dissipa sa méfiance et le fit sourire de plaisir. Elle tira en effet de son sac à couture un fourreau en cuir d'élan, une superbe pièce avec un décor de perles d'un dessin fantastique. Puis elle saisit son grand couteau de chasse, suivit des yeux le fil de la lame avec respect, à demi-tentée de l'éprouver sur son pouce, et le fit glisser dans son nouveau fourreau. Puis elle remit ce dernier à sa place habituelle, sur la ceinture, juste au-dessus de la hanche.

Véritablement, ce fut comme une scène des anciens temps – une dame et son chevalier. Mackenzie la mit debout et frotta ses lèvres rouges avec sa moustache – la caresse, étrangère pour elle, du Loup. C'était la rencontre de l'âge de pierre et de l'acier mais elle n'en était pas moins une femme ainsi que l'attestèrent la rougeur de ses joues et la douce lueur qui brilla dans ses yeux.

Il y eut un frémissement d'excitation dans l'air quand « Scruff » Mackenzie, un gros paquet sous le bras, souleva le rideau de la tente de Thling-Tinneh. Des enfants couraient çà et là, apportant du bois sec sur les lieux du potlatch, la rumeur des voix des femmes augmentait d'intensité, les jeunes hommes se consultaient en groupes renfrognés tandis que de la cabane du chaman montaient les sons inquiétants d'une incantation.

Le chef était seul avec sa femme mais un coup d'œil suffit à Mackenzie pour savoir que la nouvelle était déjà sue. Si bien qu'il se plongea tout de suite dans la négociation, mettant le fourreau orné de perles en évidence, comme une publicité des fiançailles

— Ô Thling-Tinneh, puissant chef des Sticks et de la terre de la Tanana ! Maître du saumon et de l'ours, de l'élan et du caribou ! L'homme blanc est devant toi avec un grand projet. Pendant de nombreuses lunes son logis a été vide, et il est solitaire. Son cœur s'est dévoré lui-même en silence et s'est rempli du désir d'avoir une femme pour s'asseoir auprès de lui dans sa cabane et l'attendre au retour de la chasse avec un bon feu et un bon repas. Il a entendu bien des choses étranges, le piétinement de tout petits mocassins et le son de voix d'enfants. Et, une nuit, une vision lui est venue, et il a vu le Corbeau, qui est ton père, le Grand Corbeau, qui est le père de tous les Sticks !

» Le Corbeau a parlé à l'homme blanc solitaire ; il a dit : « Attache tes mocassins aux pieds et chausse tes raquettes ; charge ton traîneau de nourriture pour beaucoup de jours et de jolis présents pour le chef Thling-Tinneh. Car, en te dirigeant vers l'endroit où le soleil de la mi-printemps a l'habitude de sombrer derrière les terres, tu voyageras jusqu'aux terrains de chasse de ce grand chef. Là, tu lui feras de grands cadeaux et Thling-Tinneh, qui est mon fils, deviendra pour toi un père. Dans son logis se trouve une fille dans laquelle j'ai insufflé le souffle de la vie pour toi. Cette fille, tu la prendras comme épouse. »

» Ô chef, ainsi a parlé le grand Corbeau. Par conséquent, je dépose à tes pieds ce paquet de présents. Par conséquent, aussi, je suis venu prendre ta fille !

Le vieil homme tira sur les fourrures dont il était vêtu avec une conscience très naturelle de sa royauté, mais il différa sa réponse. Un jeune homme se glissa dans la tente ; il annonça au chef qu'on lui demandait d'apparaître devant le conseil et ressortit aussitôt.

— Ô homme blanc que nous avons surnommé Tueur d'Élan, connu aussi comme le loup, et le Fils du Loup ! Nous savons que tu appartiens à une race puissante ; nous sommes fiers de t'avoir comme invité de potlatch. Mais le roi-saumon ne se marie pas avec le chien-saumon, ni le corbeau avec le loup.

— Ce n'est pas vrai ! s'écria Mackenzie. Des filles du corbeau, j'en ai rencontré dans le camp du loup – la squaw de Mortimer, la squaw de Tregidgo, la squaw de Barnabé, qui est venue il y a de cela deux hivers. Et j'ai entendu parler d'autres squaws, même si mes propres yeux ne les ont pas vues !

— Fils, tes paroles sont vraies mais c'étaient de mauvaises unions, comme l'eau avec le sable, le flocon de neige avec le soleil. As-tu rencontré un certain Mason et sa squaw ? Non ? Il est venu ici il y a dix hivers de ça – le premier de tous les loups. Avec lui, il y avait un homme puissant, droit comme une pousse de saule, et grand, fort comme le grizzly à face chauve, avec un cœur comme la pleine lune d'été. Son...

— Ho ! l'interrompit Mackenzie en reconnaissant la figure bien connue des Territoires du Nord, Malemute Kid[1] !

— Lui-même, un homme puissant. Seulement, as-tu vu si peu que ce soit la squaw ? Elle était la propre sœur de Zarinska.

— Non, chef, mais j'en ai entendu parler. Mason... loin dans le nord, un sapin, très vieux, a écrasé sa vie sous lui. Son amour était grand et il avait beaucoup d'or. Avec l'or, et son fils, elle a voyagé, pendant un nombre de journées incalculable, vers le soleil de midi

1. Nom du héros d'une autre nouvelle de Jack London : *L'homme sur la piste*.

en hiver, et là, elle vit toujours – pas de froid qui mord, pas de neige, pas de soleil à minuit en été, pas de nuit à midi en hiver.

Un second messager les interrompit avec une convocation pressante du conseil. Comme Mackenzie le jetait dehors, dans la neige, il aperçut les formes mouvantes devant le feu du conseil, entendit les voix basses profondes des hommes rythmer les chants et sut que le chaman attisait la colère de son peuple. Le temps pressait. Il se tourna vers le chef.

— Allons, je veux ton enfant. Et maintenant, vois ! Il y a du tabac, du thé, beaucoup de tasses de sucre, des couvertures chaudes, des mouchoirs, à la fois solides et grands, une vraie carabine avec nombre de balles et beaucoup de poudre.

— Non, répondit le vieil homme qui luttait pour résister aux grandes richesses étalées devant lui. Maintenant mon peuple s'est réuni. Ils ne veulent pas de ce mariage.

— Mais tu es chef !

— Seulement mes jeunes hommes enragent parce que les loups ont pris les jeunes filles ce qui fait qu'ils ne peuvent pas se marier.

— Écoute, Thling-Tinneh ! Avant que la nuit se soit transformée en jour, le loup tournera ses chiens vers les montagnes de l'est et fera route pour le pays du Yukon. Et Zarinska ouvrira la piste à ses chiens.

— Avant que la nuit n'ait atteint sa moitié, mes jeunes hommes pourraient jeter aux chiens la viande du Loup. Ses os pourraient être éparpillés dans la neige jusqu'à ce que le printemps les découvre.

C'était menace et contre-menace. Le visage hâlé de Mackenzie rougit violemment. Il éleva la voix. La vieille femme, qui jusqu'alors était demeurée assise en spectatrice impassible, se mit à ramper près de lui vers la porte. Le chant des hommes s'interrompit et il y eut un brouhaha de voix nombreuses alors qu'il ramenait rudement la vieille femme sur son lit de fourrures.

— De nouveau je crie – écoute, ô Thling-Tinneh ! Le loup meurt la mâchoire serrée ; avec lui s'endormiront dix de tes hommes les plus forts – des hommes dont on a besoin, car la campagne de chasse n'a pas commencé, et le poisson n'est qu'à quelques lunes de revenir. De nouveau, de quel profit serait ma mort ? Je connais les coutumes de ton peuple. Ta part de mes richesses serait très petite. Donne-moi ta fille et elles seront toutes à toi. En plus, mes frères viendront, ils sont nombreux et leurs ventres ne sont jamais pleins. Les filles du corbeau porteront des enfants dans les logis des loups. Mon peuple est plus grand que le tien. C'est le destin. Accorde-la-moi, et toutes ces richesses sont tiennes !

Des mocassins écrasaient la neige à l'extérieur. Mackenzie arma son fusil et dégagea ses deux colts qui étaient à sa ceinture.

— Accorde-la-moi, ô chef !

— Seulement mon peuple dira non !

— Donne-la-moi et les richesses sont à toi ! Je m'occuperai de ton peuple après !

— Le Loup l'aura ! Et je prendrai ses cadeaux – mais je l'aurai averti !

Mackenzie lui fit passer les marchandises en prenant soin de bloquer l'éjecteur de la carabine ; il couronna la pile d'un mouchoir de soie aux couleurs de kaléidoscope. Le chaman et une demi-douzaine de jeunes braves entrèrent alors, mais il se fraya un chemin parmi eux en les bousculant et sortit.

— « Fais les paquets ! » lança-t-il en guise de salut à Zarinska quand il passa devant sa cabane.

Il courut harnacher les chiens. Quelques minutes plus tard, il fit irruption au milieu du conseil avec eux. La femme était à son côté. Il prit sa place, en haut du rectangle, près du chef. Il laissa Zarinska un pas en retrait à sa gauche – à sa vraie place. En outre, comme le temps des mauvais coups était venu, il y avait besoin de protéger ses arrières.

Des deux côtés du rectangle, les hommes étaient accroupis près du feu, leurs voix exhalaient un chant traditionnel venu d'un passé oublié. Plein de cadences étranges qui s'interrompaient et de répétitions obsédantes, il n'était pas beau. « Inquiétant » aurait pu le qualifier mais de façon insuffisante. À l'autre bout, sous les yeux du chaman, dansait une dizaine de femmes. Il faisait des reproches sévères à celles qui ne s'abandonnaient pas totalement à l'extase du rituel. À demi cachées par la masse de leurs cheveux noirs de corbeau, qui, défaits, leur tombaient sur la poitrine, elles se balançaient d'avant en arrière, leurs formes ondulant au gré d'un rythme qui changeait sans cesse.

C'était une scène étrange, un anachronisme. Au sud, le dix-neuvième siècle égrenait les quelques années qui restaient de sa dernière décennie. Ici, fleurissait l'homme primitif, éloigné d'un rien des habitants préhistoriques des cavernes, un fragment oublié du monde premier. Les chiens-loups fauves étaient assis entre leurs maîtres vêtus de peaux ou se disputaient une place ; la lueur du feu se reflétait dans leurs yeux rouges et sur leurs crocs humides. Les bois, sous leur blanc linceul de fantôme, continuaient de dormir, indifférents. Le silence blanc, confiné, pour le moment, au cercle de forêt à l'entour, semblait prêt à tout envahir. Les étoiles dansaient avec de grands sauts, comme elles ont coutume de le faire dans la période du grand froid, pendant que les esprits du pôle traînaient leurs robes de gloire à travers le ciel.

« Scruff » Mackenzie se rendait vaguement compte de la grandeur de la scène tandis que ses yeux inspectaient les deux côtés bordés de fourrures en quête d'un visage qui aurait manqué. Ils s'arrêtèrent un moment sur un nouveau-né qui tétait la poitrine dénudée de sa mère. Il faisait quarante degrés, à peu près, au-dessous de zéro. Il songea aux femmes tendres de sa propre race, et sourit gravement. Pourtant, il était sorti du sein d'une de ces femmes tendres, avec un héritage royal – un héritage qui lui donnait la terre et la mer, les animaux et les peuples de toutes les régions et les plaçaient sous sa domination. Seul contre cent, encerclé par l'hiver arctique, loin des siens, il se sentit porté par son héritage, par le désir de posséder, l'amour sauvage du danger, l'excitation du combat, le pouvoir de gagner ou de mourir.

Chants et danses cessèrent et le chaman se déchaîna avec une éloquence primitive. À travers les sinuosités de leur vaste mythologie, il joua habilement avec la crédulité de son peuple. Le cas était fort. En l'opposant aux principes créateurs incarnés dans le Corbeau et le Grand Corbeau, il stigmatisa Mackenzie, le loup, le principe destructeur de la lutte. L'affrontement n'avait pas lieu seulement entre ces forces spirituelles, les hommes s'étaient battus, chacun pour son totem. Eux étaient les fils de Jelchs, le Grand Corbeau, le porteur de feu prométhéen.

Mackenzie était le fils du loup, en d'autres termes, le démon. Pour eux, accorder une trêve dans cette guerre perpétuelle, marier leurs filles à leur ennemi juré, était une trahison et un blasphème de la pire espèce. Il n'eut pas de phrase assez dure ni de comparaison assez humiliante pour stigmatiser Mackenzie comme un intrus sournois et un émissaire de Satan. Un rugissement sourd et sauvage jaillit du fond des poitrines des auditeurs quand il en arriva aux derniers arguments frappants de son discours :

— Oui, mes frères, Jelchs est tout-puissant ! N'a-t-il pas apporté le feu qui était né au Ciel pour que nous ayons chaud ? N'a-t-il pas tiré le soleil, la lune et les étoiles de leur trou pour que nous puissions y voir ? Ne nous a-t-il pas appris que nous pouvions combattre les esprits de la famine et du froid ? Mais à présent Jelchs est en colère contre ses enfants ; ils ne sont plus qu'une poignée, et il ne nous aidera pas ! C'est parce qu'ils l'ont oublié, ont fait de mauvaises choses, ont pris les mauvaises pistes et introduit ses ennemis dans leurs logis pour les faire asseoir près de leurs feux. Et le Grand Corbeau est triste à cause de la méchanceté de ses enfants. Mais quand ils se lèveront et montreront qu'ils sont revenus à lui, il sortira des ténèbres pour les aider.

» Ô frères, le porteur de feu a murmuré un message à son chaman ; vous l'entendrez vous aussi, à l'identique. Que les jeunes hommes emmènent les jeunes femmes dans leurs logis ! Qu'ils sautent à la gorge du loup ! Qu'ils demeurent toujours ses ennemis ! Alors leurs femmes porteront beaucoup d'enfants, ils se multiplieront pour former un peuple puissant ! Le Grand Corbeau conduira de grandes tribus de leurs pères et des pères de leurs pères depuis l'au-delà du nord. Ils battront et repousseront les loups jusqu'à ce que ceux-ci soient comme les feux de camp de l'an passé, éteints. Et, de nouveau, ils domineront sur la terre. Tel est le message de Jelchs, le Grand Corbeau.

Cette annonce de la venue d'un messie provoqua un hurlement sauvage chez les Sticks qui bondirent sur leurs pieds. Mackenzie sortit les pouces de ses moufles et attendit. Il y eut une clameur réclamant : « Renard ! » qui ne se calma pas avant qu'un jeune homme ait fait un pas en avant pour parler.

— Frères ! Le chaman a parlé sagement. Les loups ont pris nos femmes et nos hommes restent sans enfants. Nous ne sommes plus qu'une poignée. Les loups ont pris nos chaudes fourrures et donné en échange de méchants esprits qui vivent dans des bouteilles, et des vêtements qui ne viennent pas du castor ou du lynx mais sont fabriqués avec de l'herbe. Ils ne sont pas chauds, et nos hommes meurent de maladies étranges. Moi, Renard, je n'ai pas pris de femme comme épouse. Pourquoi ? Par deux fois, la fille qui me plaisait est partie dans le campement des loups. Même maintenant, j'ai mis de côté des peaux du castor, de l'élan, du caribou, pour me faire bien voir de Thling-Tinneh et que je puisse épouser Zarinska, sa fille. Et voilà qu'elle a ses raquettes fixées aux pieds, prête qu'elle est à ouvrir la piste pour les chiens du loup. Je ne parle pas pour moi seul. Ce que j'ai fait, Ours l'a fait aussi. Il a eu très envie d'être le père de ses enfants, et il a rassemblé beaucoup de peaux dans cette intention. Je parle pour tous les jeunes hommes qui ne connaissent pas d'épouse. Les loups sont sans cesse affamés. Ils prennent toujours les morceaux de choix au moment de la curée. Aux Corbeaux, on laisse les restes.

» Voici Gugkla, cria-t-il en désignant brutalement du doigt une des femmes qui était infirme. Ses jambes sont recourbées comme les montants d'un canoë de bouleau. Elle ne peut pas ramasser du bois ni porter la viande pour les chasseurs. Les loups l'ont-ils choisie ?

— Vrai ! Vrai ! vociférèrent les hommes de la tribu.

— Voici Moyri, dont les yeux se croisent à cause de l'Esprit Mauvais. Même les bébés en ont peur quand leur regard tombe sur elle ; on prétend que même le face-chauve fuit devant elle. A-t-elle été choisie ?

De nouveau, de cruelles approbations se firent entendre.

— Ici est assise Pischet. Elle ne prête pas l'oreille à mes paroles car jamais elle n'a entendu le son des bavardages, la voix de son mari, le babil de son enfant. Elle vit dans le Silence Blanc. Les loups se sont-ils jamais intéressés à elle ? Ce sont eux qui choisissent, après la chasse ! À nous échoient les restes !

» Frères, cela ne sera plus ! Plus jamais les loups ne rôderont autour de nos feux de camp. Le temps est venu !

Une grande bande de feu, l'aurore boréale, violette, verte et jaune, s'étala en travers du zénith, reliant un horizon à l'autre. La tête penchée en arrière et les bras tendus, il en vint en se balançant au paroxysme de son discours :

— Voyez ! Les esprits de nos pères se sont levés et de grands événements vont avoir lieu cette nuit !

Il recula, et un autre jeune homme s'avança, l'air plutôt mal assuré, poussé par ses camarades. Il avait une tête de plus qu'eux, sa large poitrine nue était un défi au froid. Il se balança d'une jambe sur l'autre. Les mots s'arrêtaient sur sa langue et il n'était pas à l'aise. Son visage était terrible à regarder car il avait été à moitié arraché, jadis, par un coup terrible. Finalement, il se frappa la poitrine avec le poing, ce qui provoqua un bruit de tambour, et sa voix roula comme le fait la vague dans une caverne marine.

— Je suis Ours-Pointe d'Argent, le fils de Pointe d'Argent ! Alors que ma voix était encore pareille à celle d'une fille, j'ai abattu le lynx, l'élan et le caribou. Quand elle a sifflé comme celle du glouton dans sa cachette, j'ai traversé les montagnes du sud et j'ai tué trois hommes des rivières blanches. Quand elle est devenue comme le grondement du chinook[1], j'ai rencontré le grizzly à face chauve mais je ne lui ai pas cédé la place.

Là il fit une pause et passant la main de façon significative sur ses hideuses cicatrices.

— Je ne suis pas comme Renard. Ma langue est gelée comme la rivière. Je ne peux pas faire de longs discours. Mes mots sont rares. Renard dit que de grands événements auront lieu cette nuit. Bien ! La parole coule de sa langue comme les sources du printemps mais il redoute les actes. Cette nuit, je livrerai bataille au loup. Je le terrasserai et Zarinska s'assoira près de mon feu. Ours a parlé.

Malgré le tohu-bohu qui faisait rage autour de lui, « Scruff » Mackenzie tint bon. Conscient de l'inefficacité de la carabine à faible distance, il fit glisser vers l'avant les deux étuis de ses revolvers, prêts pour l'action, et ôta ses moufles de sorte qu'il eut les mains protégées seulement par ses gants qui partaient des coudes. Il savait que ce serait sans espoir en cas d'attaque en masse mais, fidèle à ce dont il s'était vanté, il était prêt à mourir la mâchoire serrée. Cependant Ours fit reculer ses camarades, écartant même les plus impétueux de ses terribles poings.

Quand le tumulte commença à s'apaiser, Mackenzie jeta un coup d'œil à Zarinska. C'était une vision superbe. Elle se tenait penchée vers l'avant sur ses

1. Vent chaud qui souffle en Amérique du Nord. Il est capable de faire monter la température de 30 °C sur son passage.

raquettes, les lèvres entrouvertes et les narines palpitantes, telle une tigresse prête à bondir. Ses grands yeux noirs étaient posés sur les membres de sa tribu, remplis de crainte et de méfiance. Si extrême était sa tension qu'elle en oubliait de respirer. D'une main elle pressait par à-coups sa poitrine et, de l'autre, elle serrait, tout aussi fort, le fouet à chiens ; elle semblait changé en pierre. Comme elle le vit calme, elle se sentit soulagée et lui lança un regard qui était plus qu'amoureux – un regard d'adulation !

Thling-Tinneh essayait de parler mais son peuple couvrait sa voix. Alors Mackenzie s'avança. Renard ouvrit la bouche pour pousser un cri perçant mais Mackenzie se jeta sur lui si sauvagement qu'il se recula avec effroi, le larynx tout gargouillant de sons qui ne pouvaient plus en sortir. Sa déconfiture fut saluée par un rugissement de rires et servit à apaiser ses camarades qui se retrouvèrent d'humeur à écouter le chef.

— Frères, l'homme blanc que vous avez choisi d'appeler Loup est venu parmi nous avec des paroles honnêtes. Il n'a pas été comme les Inuits, il n'a pas menti. Il est venu en ami, comme quelqu'un qui serait un frère. Mais vos hommes ont dit ce qu'ils voulaient dire et le temps des mots est passé. D'abord, je vous dirai que le chaman est une langue maléfique et un faux prophète, que les messages qu'il a transmis ne viennent pas du porteur de feu. Ses oreilles sont fermées à la voix du Grand Corbeau et il a fait sortir de sa tête un tissu d'inventions habiles en se moquant de vous. Il n'a aucun pouvoir. Quand les chiens ont été abattus et dévorés, que vos estomacs se sont chargés de peaux non tannées et de morceaux de mocassins, quand les vieillards sont morts, que les vieilles femmes sont mortes, que les bébés sont morts sur les poitrines asséchées de leurs mères, quand la terre s'est obscurcie et que vous avez péri comme le font les saumons à l'automne, oui ! quand la famine était sur vous, est-ce que le chaman a rapporté une récompense à vos chasseurs ? Est-ce que le chaman a mis de la viande dans vos estomacs ? Encore une fois je le dis, le chaman est sans pouvoirs. Aussi, je lui crache au visage !

Même s'ils furent abasourdis par le sacrilège, il n'y eut pas d'indignation. Quelques-unes des femmes furent même effrayées mais, chez les hommes, il y eut un sursaut, comme s'ils anticipaient le miracle ou s'y préparaient. Tous les yeux se tournèrent vers les deux silhouettes centrales. Le prêtre comprit que le moment était crucial, sentit son pouvoir chanceler, ouvrit la bouche pour dénoncer mais battit précipitamment en retraite devant l'avancée véhémente, poings levés, regard flamboyant, de Mackenzie.

Celui-ci renifla et reprit :

— Ai-je été foudroyé ? La foudre m'a-t-elle embrasée ? Les étoiles sont-elles tombées du ciel pour m'écraser ? Pfuit ! J'en ai fini avec le chien. Maintenant je vais vous parler de mon peuple, qui est le plus puissant de tous et qui domine toutes les terres. D'abord, nous chassons comme je chasse, seuls. Après quoi nous chassons en meutes. Et enfin, comme les troupeaux de caribous, nous nous répandons sur toute la terre. Ceux que nous accueillons dans nos logis vivent ; ceux qui ne veulent pas y venir, meurent. Zarinska est une jeune fille avenante, solide, forte, apte à devenir une mère de loups. Même si je meurs, c'est ce qu'elle deviendra car mes frères sont nombreux et ils suivront la trace de mes chiens. Écoutez la loi des loups : « Qui prendra la vie d'un loup, son forfait sera payé par la vie de dix des siens. » Dans beaucoup de terres le prix a été payé, dans beaucoup de terres, il reste encore à payer.

» Maintenant, je vais répondre à Renard et à Ours. Ils semblent avoir jeté les yeux sur cette jeune fille. Et alors ? De plus, je l'ai payée. Thling-Tinneh s'appuie sur la carabine ; les biens que j'ai donnés pour cet achat sont près de son feu. Pourtant, je serai loyal avec les jeunes hommes. À Renard, dont la langue ne s'assèche qu'après avoir prononcé beaucoup de mots, je donne du tabac, cinq grosses chiques. Ainsi sa bouche sera-t-elle humidifiée pour qu'il fasse beaucoup de bruit au conseil. Mais à Ours, dont je suis très fier, je donnerai des couvertures, deux, de la farine, vingt mesures, du tabac, le double qu'à Renard. Et s'il fait le trajet avec moi au-delà des montagnes vers l'est, je lui donnerai une carabine, la même que celle de Thling-Tinneh. Si non ? Très bien ! Le loup est las de parler. Pourtant, une fois encore il dira la loi : qui prendra la vie d'un loup, son forfait sera payé par la vie de dix des siens.

Mackenzie sourit en regagnant sa position primitive mais, tout au fond de lui, il était plein d'inquiétude. La nuit était très sombre, désormais. La fille vint près de lui et il l'écouta avec attention quand elle lui expliqua les ruses d'Ours quand il se battait au couteau.

La décision était pour la guerre. En un clin d'œil, des vingtaines de mocassins agrandirent l'espace de neige tassée autour du feu. Il y avait beaucoup de discussions sur l'apparente défaite du chaman. Certains avançaient qu'il avait juste retenu ses pouvoirs tandis que d'autres, considérant les événements passés, étaient d'accord avec le loup. Ours vint au centre du champ de bataille, un long couteau de chasse de fabrication russe à la main, la lame nue. Renard attira l'attention sur les revolvers de Mackenzie aussi ce dernier défit-il sa ceinture qu'il boucla autour de Zarinska. Il lui confia aussi sa carabine. Elle secoua la tête pour montrer qu'elle ne savait pas tirer – une femme n'ayant guère l'occasion de tenir en main un objet aussi précieux.

— Maintenant, si un danger vient dans mon dos, crie fort : « Mon mari ! »... Non, comme ça : « Mon mari ! »

Il rit quand elle répéta les mots, lui pinça la joue et rentra dans le cercle. Ours avait l'avantage sur lui non seulement de l'allonge et de la taille mais sa lame était plus longue d'au moins cinq centimètres. « Scruff » Mackenzie avait déjà regardé des hommes dans les yeux auparavant et il sut que c'était un homme qui se tenait face à lui. Pourtant il se sentit stimulé par le reflet de la lumière sur l'acier, par la soif de domination propre à sa race.

Une fois et une autre, il fut forcé de se replier près du feu ou à la limite de la neige profonde ; appliquant des tactiques de boxeurs, il parvint à revenir au centre. Pas une voix ne se fit entendre pour l'encourager alors que son adversaire était soutenu par des applaudissements, des suggestions et des avertissements. Mais ses dents se serrèrent juste plus fort au moment où les couteaux s'entrechoquèrent, et il repoussa les attaques ou les évita avec une froideur née d'une force consciente de soi. Au début, il éprouva de la compassion pour son ennemi mais ce sentiment disparut devant l'instinct primitif de survie qui, ensuite, laissa la place au plaisir de tuer. Il se trouva dépouillé des dix mille années de culture, devint un homme des cavernes qui se battait pour sa femelle.

Deux fois il piqua Ours, et s'en tira sans blessure. Mais la troisième fois, il fut atteint. Pour se sauver, alors que les mains libres se refermaient sur les mains qui tenaient les armes, il dut lutter. Alors il mesura la force prodigieuse de son adversaire. Ses muscles étaient noués en blocs douloureux tandis que ses nerfs et ses tendons menaçaient de se rompre sous la pression. Et la lame russe vint plus près, et plus près. Il tenta de se dégager mais ne fit que s'affaiblir. Le cercle de fourrure se resserra, certain et impatient de voir le coup final. Mais, utilisant un truc de lutteur, il prit de l'élan en se penchant sur le côté et frappa son adversaire avec la tête. Sans le vouloir, Ours s'inclina en arrière, déséquilibra son centre de gravité. Simultanément, Mackenzie se projeta vers l'avant en lançant tout son poids et propulsa Ours hors du cercle, dans la neige profonde. Ours s'étala et se retrouva sur le dos, étendu de toute sa longueur.

— Ô mon mari !

La voix de Zarinska résonna, tremblante à cause du danger. À la vibration de la corde d'un arc, Mackenzie s'aplatit au sol et une flèche avec des barbes en os passa au-dessus de lui. Elle se ficha dans la poitrine d'Ours qui, à ce même moment, allait se jeter sur son ennemi encore accroupi. Un instant après, Mackenzie était debout et prêt. Ours gisait immobile mais, de l'autre côté du feu, il y avait le chaman qui encochait une seconde flèche.

Mackenzie fit faire au couteau un petit saut dans les airs ; il saisit la lourde lame par la pointe. Il y eut un éclair quand il vola au-dessus du feu. Le chaman, alors que le manche dépassait seul de sa gorge, tituba puis piqua du nez dans les braises.

Click ! Click ! Renard s'était emparé de la carabine de Thling-Tinneh et essayait vainement d'y introduire une cartouche qu'il laissa tomber en entendant le rire de Mackenzie.

— Ainsi Renard n'a pas appris à se servir de ce jouet ? Il est comme une femme, alors ! Approche. Apporte-la, que je puisse te montrer !

Renard hésita.

— Viens, je te dis !

L'autre s'avança, le dos courbé, comme un chien battu.

— Là ! Et là ! Voilà, c'est fait.

Une cartouche se mit en place, et la gâchette était armée quand Mackenzie épaula.

— Renard a dit que de grandes choses allaient se produire cette nuit et il avait raison. De grands actes se sont accomplis, seulement ceux de Renard ne sont pas du nombre. A-t-il toujours l'intention de mener Zarinska dans son logis ? Est-il décidé à suivre la trace qu'ont ouverte le chaman et Ours ? Non ? Bon !

Mackenzie se détourna avec dédain et retira son couteau de la gorge du prêtre.

— D'autres jeunes hommes ont-ils les mêmes intentions que lui ? Si c'est le cas, le loup les prendra par deux ou trois jusqu'à ce qu'il n'en reste aucun. Non ? Bon ! Thling-Tinneh, je te donne cette carabine une seconde fois. Si, dans les jours qui viennent, tu devais voyager du côté du Yukon, sache qu'il y aura toujours une place et abondance de nourriture auprès du feu du loup. La nuit cède la place au jour. Je m'en vais, mais je peux revenir. Et pour la dernière fois, rappelez-vous la loi du loup !

À leurs yeux, il était surnaturel quand il rejoignit Zarinska. Elle prit sa place devant l'attelage et les chiens se mirent en mouvement. Un instant plus tard, ils furent avalés par la forêt fantomatique. Jusqu'alors, Mackenzie avait attendu. Il chaussa ses raquettes pour suivre.

— Est-ce que le loup a oublié les cinq chiques de tabac ?

Mackenzie se tourna vers Renard avec colère. Puis le comique de la situation le frappa.

— Je vais t'en donner une petite.

— Cela ira comme le loup voudra, répondit doucement Renard en tendant la main.

Bâtir un feu

Le jour s'était levé, froid et gris, excessivement froid et gris, quand l'homme s'écarta de la piste principale du Yukon pour escalader le haut talus en terre où un chemin mal tracé et peu fréquenté menait vers l'est à travers la grande forêt d'épicéas. Le talus était raide et il fit une pause pour souffler quand il fut au sommet, en se donnant à lui-même l'excuse de regarder sa montre. Il était neuf heures. Il n'y avait pas de soleil ni de trace de soleil même s'il n'y avait pas un nuage dans le ciel. C'était un jour clair et, pourtant il semblait y avoir une pâleur intangible à la surface des choses, une obscurité subtile qui rendait le jour sombre, et qui était due à l'absence du soleil. Cela ne dérangeait pas l'homme. Il était habitué à manquer de soleil. Depuis des jours, il n'avait pas vu le soleil et il savait que plusieurs autres devraient se passer avant que le chaleureux disque, droit au sud, n'apparaisse brièvement au-dessus de l'horizon avant de replonger tout aussitôt.

L'homme jeta un regard en arrière au chemin par lequel il était venu. Le Yukon avait un kilomètre et demi de large et disparaissait sous trois pieds de glace. Sur la glace, il y avait la même épaisseur de neige. Ce n'était que blanc pur, qui formait de douces ondulations là où des blocs de glace s'étaient formés lors de l'embâcle. Au nord et au sud, aussi loin que ses yeux pouvaient voir, c'était du blanc sans interruption sauf une fine ligne sombre qui s'incurvait pour contourner l'île couverte d'épicéas, au sud, et se courbait, au nord, pour disparaître derrière une autre île couverte d'épicéas. Cette ligne sombre, fine comme un cheveu, c'était la piste – la piste principale – qui menait au sud pendant huit cents kilomètres, au col du Chilcoot, Dyea et la mer salée. Et qui, au nord, à cent dix kilomètres, conduisait à Nulato et, au-delà, à Saint-Michel, sur la mer de Béring, à deux mille quatre cents kilomètres encore plus loin.

Mais tout ceci – la mystérieuse ligne sombre, cette piste qui menait si loin, l'absence de soleil dans le ciel, le froid terrible et l'étrangeté, la sauvagerie du tout – n'impressionnait pas l'homme. Il était un nouvel arrivant dans le pays, un *chechaquo*, et c'était son premier hiver. L'ennui avec lui était qu'il n'avait aucune imagination. Il était vif et débrouillard pour les choses de la vie mais seulement les choses, pas leur signification.

Cinquante degrés[1] au-dessous de zéro, cela signifiait quelque chose comme quatre-vingts degrés au-

1. Il s'agit, bien sûr, de degrés Fahrenheit. Dans ce système de mesure des températures, l'eau gèle à 32 °F.

dessous du point de congélation. Le fait l'impressionnait comme étant froid et inconfortable, et c'était tout. Cela ne l'amena pas à méditer sur sa fragilité en tant qu'animal à sang chaud ni sur la fragilité humaine en général, capable de vivre seulement dans un intervalle constant et étroit entre froid et chaleur. Et cela ne l'entraîna pas, non plus, dans des questionnements sur l'immortalité et la place de l'Homme dans l'univers. Cinquante degrés sous zéro signifiait la morsure du froid dont il faut se protéger avec des moufles, des protège-oreilles, des mocassins chauds et des chaussettes épaisses. Cinquante degrés au-dessous de zéro, ce n'était pour lui que, précisément, cinquante degrés au-dessous de zéro. Que cela puisse être quelque chose de plus, la pensée qui ne lui était jamais passée par la tête.

Comme il se tournait pour continuer, il cracha, pour voir. Il y eut un craquement sec et aigu qui le fit sursauter. Il cracha de nouveau. Et de nouveau, en l'air. Avant de toucher la neige, le crachat crépita. Il savait qu'à moins cinquante, un crachat crépitait sur la neige mais le crachat crépita avant de la toucher. Indubitablement, il faisait moins de moins cinquante, combien de moins, il ne savait pas. Mais la température ne comptait pas. Il allait rejoindre l'ancienne concession, sur la rive gauche du Henderson où les gars se trouvaient déjà.

Ils y étaient arrivés à travers les collines depuis le pays des Indiens Creek tandis que lui avait fait le grand tour, pour étudier la possibilité de couper des troncs, au printemps, dans les îles du Yukon. Il serait au camp vers six heures, un peu après le crépuscule mais les gars seraient là, il y aurait un grand feu en train de brûler et un dîner chaud serait prêt.

Pour son déjeuner... Il posa la main sur le paquet qui faisait une bosse sous sa veste. Il se trouvait même sous sa chemise, enveloppé d'un mouchoir et posé contre la peau nue. C'était la seule façon d'empêcher les biscuits de geler. Il sourit de plaisir en pensant à ces biscuits, qui étaient, chacun, fendus par le milieu, trempés dans du gras de bacon et garnis d'une généreuse tranche de bacon frit.

Il se lança au milieu des grands épicéas. La piste était mal tracée. Un pied de neige était tombé depuis que le dernier traîneau était passé et il était heureux de ne pas avoir d'attelage, de voyager léger. En fait, il ne transportait rien que son déjeuner enveloppé dans le mouchoir. Il était surpris, toutefois, par le froid. Il faisait véritablement froid, conclut-il en se frictionnant le nez, qu'il avait engourdi, et les pommettes de ses mains gantées. L'homme portait la barbe et la moustache mais les poils épais ne protégeaient pas les pommettes saillantes ni le nez décidé qui pointait agressivement dans l'air gelé.

Sur les talons de l'homme trottait un chien, un gros husky indigène, le vrai chien-loup, gris, sans différence d'aspect ou de comportement avec son frère, le loup sauvage. L'animal était abattu par ce froid terrible. Il savait que ce n'était pas un temps pour voyager. Son instinct lui racontait une histoire plus vraie que celle révélée à l'homme par son jugement d'homme. En réalité, il ne faisait pas seulement moins de cinquante degrés au-dessous de zéro, il faisait moins de soixante, moins de soixante-dix. Il faisait soixante-quinze au-dessous de zéro. Et comme la température à laquelle l'eau gèle est de trente-deux au-dessus, cela signifiait cent sept degrés de gel.

Le chien ignorait tout des thermomètres. Il est possible que, dans son cerveau, il n'y avait pas une conscience aiguë de froid extrême comme dans le cerveau de l'homme. Mais l'animal avait son instinct. Il éprouvait une appréhension vague, menaçante, qui l'accablait et le faisait marcher furtivement dans les traces de l'homme et lui faisait guetter tous ses mouvements inhabituels, comme s'il s'attendait à ce qu'il établisse un camp ou trouve un abri et allume un feu. Le chien avait appris le feu, et il désirait un feu, ou alors creuser un trou dans la neige et s'y pelotonner, bien au chaud, à l'abri de l'air.

Le givre que créait sa respiration avait saupoudré sa fourrure d'une poussière de gel ; les bajoues, le museau et les cils étaient plus particulièrement blanchis par la cristallisation de son haleine. La barbe et les moustaches rousses de l'homme étaient pareillement gelées mais de manière plus solide, le dépôt prenant la forme de glaçons qui grandissaient à chaque fois que s'exhalait son souffle tiède et humide. De plus, l'homme chiquait, et une muselière de glace lui collait aux lèvres, avec tant de rigidité qu'il ne pouvait pas dépasser son menton quand il crachait le jus de la chique.

Le résultat était qu'une barbe de cristal de la couleur et de la dureté de l'ambre s'allongeait sur son menton. S'il tombait, elle se briserait, comme du verre, en éclats cassants. Mais il ne se souciait pas de cet appendice. C'était la punition que ceux qui chiquaient devaient subir dans ce pays, et il s'était déjà trouvé dehors pendant deux coups de froid. Ils n'avaient pas été aussi rudes que celui-ci, il le savait, mais sur le thermomètre à alcool, à Sixty Mile, on avait enregistré cinquante et même cinquante-cinq.

Il fit plusieurs kilomètres en terrain plat, à travers les bois, traversa une vaste étendue plane hérissée de monticules puis descendit une pente jusqu'au lit gelé d'un petit ruisseau. C'était le Henderson, et il sut qu'il se trouvait à seize kilomètres du confluent. Il regarda sa montre. Il était dix heures. Il parcourait six kilomètres à l'heure. Il calcula qu'il serait au confluent à midi et demi. Il décida qu'il célèbrerait l'événement en déjeunant là-bas.

La queue pendante de découragement, le chien se remit sur ses traces quand l'homme entreprit de suivre le cours de la rivière. Le sillon des anciennes traces de traîneau était clairement visible mais trente centimètres de neige recouvraient la trace des derniers passants. Depuis un mois, personne n'avait longé cette rivière silencieuse. L'homme avançait régulièrement. Il n'était pas beaucoup porté sur la réflexion et, à ce moment précis, il n'avait rien à quoi penser sauf qu'il prendrait son déjeuner au confluent et qu'à six heures il serait au camp avec les gars. Il n'y avait personne avec qui parler. Et même s'il y avait eu quelqu'un, parler aurait été impossible à cause de la muselière de glace sur la bouche. Aussi continua-t-il de chiquer son tabac de façon monotone et d'accroître la longueur de sa barbe d'ambre.

Par moments, il lui revenait à l'esprit qu'il faisait très froid et qu'il n'avait jamais connu un froid semblable. Tout en marchant, il se frictionnait les pommettes et le nez du revers de ses mains gantées. Il le faisait machinalement, de temps à autre, en changeant de main. Mais il avait beau frictionner, dès qu'il arrêtait, ses pommettes s'engourdissaient, et juste après le bout de son nez devenait transi. Il était sûr qu'il allait avoir les joues gelées. Il le savait et regrettait de ne pas s'être confectionné un cache-nez du genre de celui que Bud portait lors des coups de froid. Un tel cache-nez passait aussi sur les joues et les protégeait. Mais ce n'était guère important, au fond. Qu'était-ce que des pommettes gelées ? Cela faisait un peu mal, voilà tout, mais ça n'était jamais sérieux.

Même s'il avait l'esprit vide, l'homme était très attentif ; il notait les changements dans la rivière, les courbes, les amas de bois et, toujours, il faisait très attention où il posait les pieds. Une fois, au sortir d'un méandre, il fit un écart, tel un cheval effrayé, quitta la trace qu'il suivait et recula de plusieurs pas le long de la piste. La rivière, il le savait, était complètement gelée, jusqu'au fond – aucune rivière n'aurait pu contenir dc l'eau sous sa forme liquide dans cet hiver arctique. Mais il savait aussi qu'il y avait des sources qui sourdaient des collines et coulaient sous la neige, par-dessus la glace de la rivière.

Il savait aussi que même les froids les plus vifs ne font pas geler ces sources, d'où leur danger. C'étaient des pièges. Elles créaient des flaques d'eau cachées sous la neige qui pouvaient avoir dix centimètres de profondeur ou un mètre. Parfois, une couche de glace épaisse d'un centimètre les recouvrait, laquelle était recouverte à son tour par de la neige. Parfois, il y avait des couches alternées d'eau et de glace, si bien que quand on passait à travers la première couche, on brisait ensuite toutes les autres pour se trouver mouillé jusqu'à la ceinture.

Voilà pourquoi il avait cédé à la panique. Il avait senti le sol céder sous ses pieds et entendu le craquement de la pellicule de glace cachée sous la neige. Avoir les pieds mouillés par une telle température était synonyme d'ennuis et de danger. Dans tous les cas, cela signifiait au moins un retard, car il serait obligé de s'arrêter et de faire du feu pour garder au chaud ses pieds nus le temps de faire sécher chaussettes et mocassins. Il s'arrêta pour étudier le lit de la rivière et les rives, et détermina que l'eau venait de la droite. Il réfléchit encore un moment, en se frottant les joues et le nez, puis tourna vers la gauche en avançant avec précaution et en testant le sol à chaque pas. Une fois le danger derrière lui, il s'octroya une chique neuve et reprit sa marche en sorte d'atteindre son objectif de six kilomètres à l'heure.

Au cours des deux heures suivantes, il tomba sur plusieurs pièges similaires. En général, la neige qui cachait les flaques était un peu tassée et avait un aspect cristallisé qui avertissait du danger. Une fois, pourtant, il manqua se faire prendre et, une autre, il força le chien à passer devant. Le chien ne voulut pas y aller. Il demeura planté jusqu'à ce que l'homme le pousse. Alors il se pressa de traverser l'espace blanc et lisse. Brusquement, il passa à travers, s'enfonça sur un côté et reprit pied sur une surface plus ferme.

Il s'était mouillé les pattes de devant et, presque instantanément, l'eau s'y transforma en glace. L'animal se mit aussitôt à la lécher pour l'ôter puis il se coucha dans la neige et se mit à mordre celle qui s'était formée entre ses orteils. C'était une affaire d'instinct. Permettre à la glace de demeurer là signifiait qu'elle lui blesserait les pattes. Le chien ne le savait pas. Il obéissait seulement aux ordres mystérieux venus des tréfonds de son être.

L'homme le savait, lui, qui avait porté un jugement sur la question. Il ôta la moufle de sa main droite et l'aida à se débarrasser des éclats de glace. Il n'exposa pas ses doigts au froid plus d'une minute et fut étonné par le brutal engourdissement qui les saisit. Il faisait froid, à coup sûr. Il renfila la moufle à la hâte et se frappa vivement la main contre la poitrine.

À midi, le jour était au mieux de son éclat. Le soleil était cependant trop loin au sud dans son voyage d'hiver pour éclairer l'horizon car la courbure de la terre se trouvait placée entre l'astre et le Henderson. L'homme marchait sous un ciel clair bien qu'il n'y eût pas d'ombres. À midi et demi, à la minute près, il arriva au confluent de la rivière. Il était content d'avoir fait aussi vite. S'il continuait au même rythme, il serait bien avec les gars à six heures. Il déboutonna sa veste et sa chemise et sortit son déjeuner. L'action ne prit pas plus d'un quart de minute, mais ce peu de temps suffit pour que s'engourdissent les doigts qu'il avait mis à découvert.

Il ne renfila pas la moufle mais, à la place, se frappa les doigts une douzaine de fois contre la jambe, vigoureusement. Puis il s'assit sur un tronc couvert de neige pour manger. La douleur qui avait suivi le choc de ses doigts disparut si vite qu'il en fut stupéfait. Il n'avait pas eu la moindre chance de mordre dans un biscuit. Il se frappa les doigts de nouveau, à plusieurs reprises, puis les remit dans la moufle avant de dénuder l'autre main pour pouvoir le manger. Il tenta de prendre une bouchée mais sa muselière de glace l'en empêcha. Il avait omis de faire du feu pour la faire fondre. Il rit de sa folie et, pendant qu'il riait, remarqua l'engourdissement qui rampait dans les doigts exposés à l'air.

Il nota aussi que la douleur qu'il avait éprouvée dans les orteils au moment où il s'était assis était en train de disparaître. Il se demanda s'ils s'étaient réchauffés ou transis. Il les fit bouger dans les mocassins et conclut qu'ils étaient gourds.

Il remit la moufle à la hâte et se leva. Il était un peu effrayé. Il fit les cent pas jusqu'à ce que la douleur revienne dans les orteils. Il faisait froid pour de bon, telles furent ses pensées. Cet homme de la Sulphur Creek avait dit la vérité quand il avait raconté à quel point il pouvait faire froid dans la région. À l'époque, il s'était moqué de lui ! Cela démontrait qu'on ne doit jamais être trop sûr de rien. Il n'y avait pas d'erreur possible sur le sujet : il faisait froid !

Il fit les cent pas, tapant des pieds et agitant les bras jusqu'à ce qu'il se sente rassuré par la chaleur qui revenait. Puis il sortit les allumettes se mit en devoir de faire du feu. Dans des broussailles où les crues du printemps dernier avaient laissé quantité de branches de taille variée, il trouva le bois dont il avait besoin. Il garnit le feu avec soin pour, à partir d'un timide début, obtenir de hautes flammes ronflantes au-dessus desquelles il fit fondre la glace de son visage. Sous leur protection, il mangea ses biscuits. Un moment, le froid de l'espace à l'entour se trouva vaincu. Le chien fut satisfait du feu ; il se coucha, assez près pour avoir chaud, assez loin pour ne pas se brûler.

Quand il eut fini, l'homme bourra sa pipe et prit le temps de la fumer à son aise. Puis il renfila ses moufles, rabaissa les protège-oreilles de sa casquette en les ajustant bien et suivit la piste en longeant l'affluent gauche de la rivière. Le chien fut déçu et regretta le feu. L'homme ne connaissait pas le froid. Il se pouvait que toutes les générations de ses ancêtres aient tout ignoré du feu, du vrai froid, du froid à cent sept degrés au-dessous du point de congélation. Ses ancêtres à lui savaient, et il avait hérité ce savoir. Il savait également qu'il n'est pas bon de marcher loin dans un froid aussi terrible. C'était le moment de se coucher au fond d'un trou dans la neige pour attendre qu'un rideau de nuage soit tiré sur ce monde extérieur d'où était apparu ce froid. D'un autre côté, il n'y avait aucune intimité particulière entre le chien et l'homme. L'un était l'esclave de l'autre, et les seules caresses qu'il avait jamais reçues étaient celles de la lanière du fouet et de tous les sons gutturaux qui le menaçaient du fouet. De telle sorte que le chien ne fit rien pour communiquer son inquiétude à l'homme. Il n'était pas concerné par le salut de l'homme ; c'était dans son intérêt à lui qu'il aspirait à demeurer près du feu. Mais l'homme siffla et lui parla avec les sons qui accompagnaient les coups de fouet. Alors le chien s'élança dans les traces de l'homme et le suivit.

L'homme prit une chique de tabac et se mit en devoir de commencer une nouvelle barbe d'ambre. Son haleine chargée d'humidité eut bientôt saupoudré de blanc sa moustache, ses cils et ses sourcils. Il semblait qu'il n'y avait pas autant de sources sur l'affluent gauche du Henderson et, pendant une demi-heure, l'homme n'en rencontra pas trace. Et puis cela arriva. À un endroit où il n'y avait aucun signe, où la neige douce et bien égale semblait attester de la solidité du sol en dessous, l'homme passa à travers. Ce n'était pas profond. Il se mouilla jusqu'à mi-mollet avant de pouvoir rejoindre en pataugeant un sol plus ferme.

Il était en colère, et maudit le sort à voix haute. Il avait espéré être au camp avec les gars à six heures et cela allait le retarder d'une heure car il allait devoir allumer un feu pour faire sécher chaussures et chaussettes. C'était impératif vu la température – il le savait parfaitement. Il se dirigea vers la rive qu'il escalada. En haut, retenue dans les broussailles au pied de quelques petits épicéas, se trouvait une bonne réserve de bois que les hautes eaux avaient déposée là. Il s'agissait de petits bâtons et de brindilles, principalement, mais aussi de branches de toutes les tailles et d'herbes sèches de l'année précédente.

Il jeta quelques gros morceaux sur la neige. Cela servirait de fondation et empêcherait la jeune flamme de se noyer dans la neige qui aurait fondu, sinon. La flamme, il l'obtint en frottant une allumette à un petit morceau d'écorce de bouleau qu'il tira de sa poche. Cela brûlait encore mieux que le papier. L'ayant placé sur les fondations, il nourrit la jeune flamme avec des brins d'herbe et les brindilles sèches les plus minces.

Il œuvra lentement et délicatement, très conscient du danger. Graduellement, à mesure que la flamme se fit plus forte, il augmenta la taille des brindilles avec lesquelles il l'alimentait. Il s'était accroupi dans la neige, prenant les brindilles entremêlées avec les broussailles et les plaçant directement dans la flamme. Il savait qu'il ne devait pas y avoir d'échec. Quand il fait soixante-quinze sous zéro, un homme ne peut pas échouer dans sa tentative de faire du feu – en tout cas si ses pieds sont mouillés. Si ses pieds sont secs, il peut courir pendant huit cents mètres le long de la piste et rétablir sa circulation. Mais, avec les pieds mouillés et en train de geler, on ne peut pas rétablir sa circulation en courant quand il fait soixante-quinze sous zéro. Peu importe à quelle vitesse on court, les pieds mouillés n'en gèlent que plus fort.

Tout cela l'homme le savait. L'ancien de la Sulphur Creek le lui avait dit, l'automne précédent, et maintenant, il appréciait le conseil. Déjà, toute sensation avait déserté ses pieds. Pour allumer le feu, il avait été forcé d'ôter ses moufles, et ses doigts s'étaient engourdis rapidement. Aussi longtemps qu'il avait maintenu son allure de six kilomètres à l'heure, son cœur avait poussé le sang à la surface de son corps et jusque dans ses extrémités. Mais à l'instant où il s'arrêta, l'action de la pompe s'interrompit. Le froid de l'espace frappait en plein ce secteur non protégé de la planète, et lui recevait le coup dans toute sa rigueur. Le sang de son corps reculait devant le froid terrible. Le sang était vivant, comme le chien. Et comme le chien, il voulait se cacher et se protéger. Tant qu'il avait marché à six kilomètres à l'heure, l'homme avait pompé ce sang, bon gré mal gré, et jusqu'à la surface. Mais à présent, le sang descendait s'enfouir dans les profondeurs de son corps. Ses extrémités étaient les premières à ressentir son absence. De toutes, ses pieds mouillés gelaient le plus vite, et ses doigts exposés au froid s'engourdissaient même s'ils n'avaient pas encore commencé à geler. Nez et joues gelaient déjà, tandis que la peau de tout le corps se glaçait à mesure qu'elle perdait l'afflux de sang.

Mais il était sauf. Les orteils, le nez et les joues seuls seraient touchés par la gelée car le feu commençait à brûler avec force. Il l'alimentait avec des brindilles de la taille du doigt. Dans une minute, il y mettrait des branches de la taille de son poignet. Alors, il pourrait ôter ses chaussures et ses chaussettes mouillées. Pendant qu'ils sècheraient, il pourrait garder les pieds dans la chaleur du feu en les frottant d'abord, bien sûr, avec de la neige. Le feu était un succès.

Il était sauf. Il se souvint des conseils de l'ancien de la Sulphur Creek et sourit. Il s'était montré péremptoire en énonçant cette règle selon laquelle un homme ne doit pas voyager seul dans le Klondike quand il fait moins de cinquante degrés sous zéro. Eh bien ! il y était. Il avait eu un accident. Il était seul. Et il s'était sauvé tout seul. Ces anciens étaient des mauviettes, pensa-t-il – certains d'entre eux, du moins. Tout ce qu'un homme avait à faire, c'était de garder sa tête. N'importe quel homme qui était un homme pouvait voyager seul.

Pourtant, la rapidité avec laquelle ses joues et son nez gelaient était surprenante. Et il ne s'était pas imaginé que ses doigts pourraient devenir sans vie en un laps de temps aussi bref. Ils étaient sans vie, car il pouvait à peine les faire bouger ensemble pour saisir une brindille ; ils paraissaient loin de son corps, loin de lui. Quand il touchait un bout de bois, il fallait qu'il regarde pour vérifier s'il le tenait véritablement ou non. Les connexions étaient sacrément mauvaises entre lui et le bout de ses doigts.

Tout cela ne comptait guère. Il y avait le feu, pétillant et craquant, dont chaque flamme qui dansait promettait la vie. Il commença à dénouer ses mocassins. Ils étaient couverts de glace. Les épaisses chaussettes allemandes étaient comme des bottes de fer jusqu'à mi-mollet. Les lacets étaient comme des fils d'acier tordus et noués comme par une explosion. Pendant un moment, ses doigts gourds se battirent avec eux puis, se rendant compte de quelle folie c'était, il sortit son couteau.

Mais avant qu'il ait pu couper les lacets, cela arriva. Ce fut sa faute, ou, plutôt, son erreur. Il n'aurait pas dû bâtir le feu sous un épicéa. Il aurait dû l'installer à découvert. Mais c'était plus facile pour lui de prendre les brindilles dans les broussailles et de les jeter directement dans le feu. Seulement l'arbre sous lequel il se tenait portait une certaine masse de neige sur ses bourgeons. Le vent n'avait pas soufflé depuis des semaines et chaque bourgeon avait sa charge.

Chaque fois qu'il avait tiré sur une brindille, il avait communiqué un mouvement à l'arbre – un mouvement imperceptible en ce qui le concernait, mais suffisant pour produire le désastre. Tout en haut de l'arbre, un bourgeon laissa échapper sa charge de neige. Elle tomba sur les bourgeons d'en dessous, en faisant basculer leur charge neigeuse. Le mouvement se continua, en s'étendant à l'arbre tout entier. Il s'amplifia à la façon d'une avalanche ; la neige s'abattit sans crier gare sur l'homme et le feu et le feu fut étouffé. À l'endroit où il brûlait, il n'y avait plus qu'un manteau irrégulier de neige fraîche.

L'homme fut choqué. C'était comme s'il avait entendu prononcer sa propre condamnation à mort. Pendant un moment, il resta assis, à fixer le point où il y avait eu du feu. Puis il devint très calme. Peut-être que l'ancien de la Sulphur Creek avait raison. S'il avait eu un compagnon de piste, il ne serait pas en danger. Son compagnon aurait pu refaire le feu. Eh bien ! c'était à lui de le rallumer et, cette fois, il n'y aurait pas d'échec. Même s'il réussissait, il perdrait sûrement quelques orteils. Ses pieds devaient être vilainement gelés désormais, et il s'écoulerait quelque temps avant que le second feu soit prêt.

Telles étaient ses pensées mais il n'y sombra pas. Il resta actif tout le temps qu'elles lui passèrent par l'esprit. Il établit une nouvelle base pour le feu, cette fois à découvert, à un endroit où aucun arbre ne pourrait l'éteindre par traîtrise. Ensuite, il récolta des herbes sèches et des brindilles qu'avaient abandonnées les crues. Il ne parvenait pas à serrer les doigts pour les saisir mais parvint à les récolter par poignées. De cette façon, il récolta beaucoup de brindilles pourries et blocs de mousse qui étaient indésirables mais c'était le mieux qu'il pouvait faire. Il œuvra avec méthode, récoltant même une brassée de branches plus grosses pour les utiliser ensuite, quand le feu aurait pris des forces. Durant tout ce temps, le chien resta assis à l'observer avec une certaine impatience triste dans le regard ; il le considérait en effet comme un pourvoyeur de feu, et le feu était long à venir.

Quand tout fut prêt, l'homme chercha dans sa poche un nouveau morceau d'écorce de bouleau. Il savait que l'écorce était là, et même s'il ne pouvait pas la sentir sous les doigts, il l'entendait se froisser quand il la touchait. Autant qu'il essaie, pourtant, il ne parvint pas à la saisir. Il avait conscience qu'à chaque instant ses pieds gelaient un peu plus. Cette pensée avait tendance à le paniquer mais il lutta contre cette panique et resta calme. Il renfila ses moufles avec les dents et bougea les bras d'avant en arrière de façon à se taper les mains contre les côtes, de toutes ses forces. Il commença à le faire assis puis se leva pour continuer. Tout le temps, le chien resta assis dans la neige, sa queue touffue de loup chaudement repliée sur les pattes de devant, ses fines oreilles de loup tendues vers l'avant tandis qu'il observait l'homme. Tout en continuant d'agiter et de se battre les bras et les mains, l'homme éprouva une violente poussée d'envie en voyant combien l'animal était au chaud et en sécurité dans le pelage que lui avait donné la nature.

Au bout d'un moment, il prit conscience de signes lointains de sensations dans les doigts qu'il tapait. Les faibles picotements augmentèrent d'intensité pour devenir une douleur cuisante qui était terrible mais que l'homme salua avec satisfaction. Il ôta la moufle de sa main droite et attrapa l'écorce de bouleau. Les doigts nus s'engourdissaient très rapidement à nouveau. Ensuite il sortit le paquet d'allumettes au soufre. Mais le froid épouvantable avait déjà fait fuir toute vie des doigts. Dans l'effort qu'il fit pour séparer une allumette des autres, tout le paquet tomba dans la neige. Il tenta de le ramasser mais n'y parvint pas.

Les doigts morts ne pouvaient plus ni sentir ni saisir. Il se concentra. Il se débarrassa de la pensée de ses pieds qui gelaient, de son nez, de ses joues, et concentra son esprit tout entier sur les allumettes. Il observa, utilisant la vue à la place du toucher, et quand il vit ses doigts de chaque côté du paquet, il serra – c'est-à-dire qu'il voulut les serrer car, les connexions étant coupées, les doigts n'obéirent pas. Il renfila la moufle droite et se frappa sauvagement la main contre le genou. Puis, de ses deux mains gantées, il rapatria le paquet d'allumettes sur ses genoux, en même temps que beaucoup de neige. Mais les choses n'allaient guère mieux pour autant.

Après quelques manipulations, il parvint à coincer le paquet entre ses paumes gantées. De cette façon, il put le porter à sa bouche. La glace craqua quand, au prix d'un violent effort, il ouvrit la bouche. Il abaissa la mandibule, retroussa la lèvre supérieure pour l'ôter du passage et mordilla le paquet avec les dents d'en haut pour en séparer une allumette. Il parvint à en détacher une qui tomba sur ses genoux. Ce n'était pas mieux. Il ne pouvait pas l'attraper. Puis il imagina un moyen. Il la saisit entre les dents et la frotta contre sa jambe. Vingt fois il la frotta avant de parvenir à l'enflammer. En la tenant toujours entre les dents, il l'approcha du morceau d'écorce. Mais la fumée du soufre lui envahit le nez et les poumons et le fit tousser violemment. L'allumette tomba dans la neige et s'éteignit.

L'ancien de la Sulphur Creek avait raison, pensa-t-il pendant le moment de désespoir contrôlé qui s'ensuivit. Au-dessous de cinquante sous zéro, un homme devrait voyager avec un partenaire. Il battit des mains mais sans parvenir à réveiller en elles la moindre sensation. Brusquement, il mit ses mains à nu en ôtant les moufles avec les dents. Il saisit le paquet entier entre les paumes de ses mains. Les muscles de ses bras, qui n'étaient pas encore morts, lui permirent de serrer fortement les allumettes entre les paumes. Il gratta le paquet entier contre sa jambe. Cela fit une grande flamme, soixante-dix allumettes au soufre à la fois !

Il n'y avait pas de vent pour les éteindre. Il tint la tête de côté pour éviter les fumées suffocantes et approcha le paquet embrasé de son écorce de bouleau. Ce faisant, il prit conscience d'une sensation dans sa main. Sa chair brûlait. Il pouvait en percevoir l'odeur. Très loin sous la surface, il pouvait le sentir. La sensation se transforma en une douleur qui devint très aiguë. Il la supporta cependant, continuant de maintenir les allumettes au contact de l'écorce qui ne s'enflammait pas facilement car ses mains, qui brûlaient, faisaient obstacle et absorbaient l'essentiel de la flamme.

Finalement, quand il ne fut plus capable de supporter la douleur, il écarta les mains. Les allumettes enflammées tombèrent en sifflant sur la neige mais l'écorce s'était allumée. Il se mit à poser des herbes et de menues brindilles sur la flamme. Il ne pouvait pas vraiment choisir ce qu'il prenait car il était obligé de saisir le combustible entre ses deux paumes. De petits morceaux de bois pourri et de mousse collaient aux brindilles ; il les arrachait comme il le pouvait avec les dents. Il dorlota la flamme avec soin quoique avec maladresse. Elle signifiait la vie, elle ne devait pas périr.

Le reflux du sang de toute la surface de son corps lui donna des frissons et il devint encore plus maladroit. Un gros morceau de mousse tomba en plein sur le petit feu. Il tenta de l'enlever avec les doigts mais un tremblement de toute sa carcasse lui fit donner un coup trop fort qui dispersa le noyau du feu ; les herbes et les brindilles enflammées s'éparpillèrent.

Il tenta de les rassembler mais, malgré tous ses efforts, le tremblement prit le dessus et les brindilles demeurèrent désespérément éparses.

Chacune émit une petite bouffée de fumée avant de s'éteindre. Le pourvoyeur de feu avait échoué. Tandis qu'il regardait vaguement autour de lui, ses yeux tombèrent sur le chien assis dans la neige de l'autre côté des ruines du feu. Il était agité de mouvements incessants, courbait l'échine, soulevait légèrement ses pattes avant, alternativement, pour faire passer le poids de son corps d'un côté à l'autre, plein d'une excitation triste.

La vue du chien lui mit une idée sauvage dans la tête. Il se souvint de l'histoire de cet homme pris dans le blizzard qui avait tué un bouvillon, s'était glissé dans sa dépouille et, ainsi, avait sauvé sa vie. Il tuerait le chien et mettrait ses mains au chaud dans son cadavre jusqu'à ce que leur engourdissement se dissipe. Ensuite, il bâtirait un autre feu. Il parla au chien, l'appela. Mais sa voix avait une nuance bizarre de peur qui, à son tour, effraya l'animal. Il ne l'avait jamais entendu parler ainsi auparavant. Quelque chose clochait, et son naturel soupçonneux sentit le danger – il ne savait pas quel danger mais d'une façon ou d'une autre, une méfiance envers l'homme se fit jour dans son cerveau. En entendant de la voix de l'homme, il coucha ses oreilles en arrière, courba davantage l'échine, accéléra le mouvement de piétinement de ses pattes avant, mais il ne voulut pas s'approcher. L'homme se mit à quatre pattes et s'avança vers le chien. Cette posture inhabituelle accrut la méfiance de l'animal qui se recula ostensiblement.

L'homme s'assit dans la neige et, pendant un moment, lutta pour reprendre son calme. Puis il renfila ses moufles avec les dents et se remit sur ses pieds. Il regarda vers le bas pour vérifier qu'il était bien debout car l'absence de sensation dans ses pieds ne lui permettait plus de savoir s'il était encore relié au sol. Sa position debout à elle seule commença à dissiper les soupçons dans le cerveau du chien. Et quand il parla d'un ton péremptoire avec les bruits qui accompagnaient d'habitude le bruit du fouet, le chien retrouva son obéissance coutumière et vint à lui.

Quand il fut à portée, l'homme ne parvint plus à se contrôler. Ses bras s'élancèrent vers le chien. Il éprouva une authentique surprise quand il se rendit compte que ses mains ne pouvaient pas le saisir, que ses doigts ne se pliaient pas et ne sentaient rien. L'espace d'un moment, il avait oublié qu'ils étaient gelés et qu'ils gelaient de plus en plus. Tout cela se passa très vite et avant que l'animal ait pu s'échapper, il le prit à bras le corps. Il s'assit dans la neige et retint ainsi le chien qui grognait, geignait et se débattait.

Mais c'était tout ce qu'il pouvait faire, garder le corps du chien encerclé de ses bras et rester assis là. Il comprit qu'il ne pourrait pas le tuer. Il n'y avait aucun moyen de le faire. Avec ses mains désespérantes, il ne pouvait ni tirer ni tenir son couteau pas plus qu'il ne pourrait l'étouffer. Il le relâcha. L'animal s'enfuit en courant, la queue entre les jambes, en grognant toujours. Il s'arrêta à une douzaine de mètres et se mit à l'observer avec curiosité, les oreilles pointées vers l'avant.

L'homme regarda vers ses mains pour les localiser et les trouva en train de pendre au bout de ses bras. Cela lui parut très curieux que quelqu'un doive se servir de ses yeux pour trouver où étaient ses mains. Il se mit à lancer ses bras d'avant en arrière tout en se frappant les côtes de ses mains gantées. Il le fit pendant cinq minutes, violemment, et son cœur parvint à envoyer assez de sang à la surface pour faire cesser les frissons. Aucune sensation, toutefois, ne revint dans les mains. Il eut comme l'impression qu'elles pendaient comme des poids aux extrémités des bras mais quand il tenta de vérifier cette impression, elle lui échappa.

Une certaine peur de la mort, triste et pesante, lui vint. Cette peur devint vite poignante quand il comprit qu'il n'était plus seulement question d'avoir les doigts et les orteils gelés ou de perdre les mains et les pieds mais qu'il s'agissait d'une question de vie et de mort, avec toutes les chances contre lui. Cela le mit dans un état de panique ; il se mit à courir le long du lit de la rivière, sur la vieille piste qu'on voyait à peine. Le chien le suivit, en maintenant une distance entre eux. Il courut aveuglément, sans but, plein d'une peur comme il n'en avait jamais éprouvé de sa vie.

Lentement, alors qu'il peinait et pataugeait dans la neige, il recommença à voir les choses – les berges de la rivière, les amas de vieux troncs, les trembles sans feuilles, le ciel. Courir le fit se sentir mieux. Peut-être que s'il continuait à courir, ses pieds dégèleraient. Et, de toute façon, s'il courait assez loin, il rejoindrait le camp et les gars. Sans nul doute, il perdrait quelques doigts et quelques orteils et un peu de son visage mais les gars prendraient soin de lui et sauveraient ce qu'il resterait de lui quand il arriverait là-bas.

En même temps, il y avait une autre idée dans sa tête qui lui disait qu'il n'arriverait jamais au camp, rejoindre les gars. Qu'il se trouvait trop loin, à beaucoup trop de kilomètres ; que le froid avait déjà trop progressé en lui ; que bientôt il serait raide et mort. Cette idée, il l'écartait le plus loin possible et refusait d'en tenir compte. Par intervalles, elle faisait une percée dans son esprit et demandait à se faire entendre mais il la repoussait et se forçait à penser à autre chose.

Il trouva très curieux d'être capable de courir sur des pieds gelés au point qu'il ne les sentait pas quand ils touchaient le sol. Il s'étonna aussi qu'ils puissent porter son poids. Il avait l'impression de flotter sans avoir aucun lien avec la surface de la terre. Quelque part, il avait vu la statue d'un Mercure aux pieds ailés et il se demanda si Mercure ressentait la même impression que lui quand il volait au-dessus du sol.

Sa théorie de courir jusqu'au camp avec les gars avait une faille : il manquait d'endurance. Il trébucha à plusieurs reprises avant, finalement, de tituber, de s'incliner en avant et de tomber. Quand il tenta de se lever, il n'y parvint pas. Il devait rester assis pour se reposer, décida-t-il, et ensuite, il se contenterait de marcher et de ne pas s'arrêter. Alors qu'il était assis à reprendre son souffle, il se rendit compte qu'il éprouvait une sensation de chaleur et de bien-être. Il ne frissonnait plus et il lui sembla même qu'un rayon de chaleur envahissait sa poitrine et son torse.

Pourtant, quand il se touchait le nez ou les joues, il n'y avait toujours pas de sensation. Courir n'allait pas les dégeler. Pas plus que ses mains et ses pieds. Puis la pensée lui vint que les parties gelées de son corps devaient être en train de s'étendre. Il tâcha de mettre cette idée en veilleuse, de l'oublier, de penser à autre chose. Il était conscient du sentiment de panique qu'elle éveillait, et il avait peur de la panique. Mais cette pensée s'imposa et persista jusqu'à produire une vision de son corps totalement gelé. C'était trop, et il se lança dans une nouvelle course éperdue le long de la piste. À un moment, il ralentit l'allure pour marcher mais l'idée du gel qui s'étendait en lui le fit reprendre sa course.

Tout le temps, le chien courut avec lui, sur ses talons. Quand l'homme tomba une seconde fois, il s'assit face à lui, la queue replié sur les pattes avant, l'air curieux, intéressé et attentif. La chaleur et la sécurité qu'éprouvait l'animal le mirent en colère ; il le maudit, et le chien baissa les oreilles en signe d'apaisement. Cette fois, les frissons envahirent l'homme plus rapidement. Il perdait sa bataille contre le gel qui pénétrait dans son corps de tous les côtés.

Cette pensée le releva mais il ne courut pas plus de trente mètres avant de tituber et de s'affaler de tout son long. Ce fut son dernier accès de panique. Quand il eut repris son souffle et son contrôle, il s'occupa l'esprit à chercher comment rencontrer la mort avec dignité. Toutefois, il n'y pensa pas en ces termes. Son idée sur la question fut qu'il s'était rendu ridicule à courir comme un poulet dont on a coupé la tête – voilà le sourire qu'il imagina.

Eh bien ! il allait geler de toute façon alors il pouvait aussi bien l'accepter avec décence. En même temps que cette tranquillité d'esprit nouvellement acquise survinrent les premières manifestations de somnolence. Une bonne idée, pensa-t-il, de s'endormir pour mourir. C'était comme prendre un anesthésiant. Il y avait des tas de manières pires de mourir.

Il s'imagina les gars découvrant son corps le lendemain matin. Soudain, il se retrouva avec eux, descendant la piste à sa propre recherche. Et, toujours avec eux, il parvint à un tournant et se trouva lui-même couché dans la neige. Il ne s'appartenait plus puisque, même à présent, il était hors de lui-même, debout avec les gars, en train de se regarder dans la neige. Il faisait vraiment froid, telle fut sa pensée. Quand il rentrerait aux États-Unis, il pourrait dire aux gens ce que c'était véritablement que le froid. Il passa de ça à une vision de l'ancien de la Sulphur Creek. Il pouvait le voir tout à fait nettement, assis confortablement au chaud, à fumer la pipe.

— Tu avais raison, vieux débris, tu avais raison ! murmura l'homme à l'ancien de la Sulphur Creek.

Puis l'homme sombra dans ce qui lui parut le sommeil le plus confortable et le plus satisfaisant qu'il ait jamais connu. Le chien s'assit face à lui et attendit. Le jour s'étira en un long et lent crépuscule. Aucun signe ne montrait qu'on allait faire du feu et, en plus, le chien n'avait jamais eu l'occasion, aussi loin que remontait son expérience, de voir un homme s'asseoir ainsi dans la neige sans faire du feu. Tant que dura le crépuscule, son envie pressante d'un feu le domina ; en piétinant des pattes avant, il gémit puis aussitôt baissa les oreilles, prévoyant une réprimande de l'homme. Mais l'homme demeura silencieux. Plus tard, le chien gémit plus fort.

Encore plus tard, il s'approcha furtivement de l'homme et sentit l'odeur de la mort. Cela fit sursauter l'animal qui s'écarta. Il attendit encore un peu, hurlant sous les étoiles qui sautaient et dansaient et brillaient dans le ciel froid. Alors il fit demi-tour et se mit à trotter le long de la piste en direction du camp où il savait qu'il trouverait d'autres pourvoyeurs de nourriture et de feu.

Chris Farrington, un vrai marin

— Zi du édais dans un badeau d'un vieux pays, un pedit gamin comme doi serait seulement mousse, et du servirais les vrais marins. Et quand un vrai marin de chanderait « Mousse, la cruche d'eau ! » du sauderais, vide, comme une flèche, et du lui apporderais la cruche. Et quand un vrai marin de chanderait : « Mousse, mes boddes ! » du irais lui chercher zes boddes. Et du serais drès poli, du dirais : « Oui, m'sieur ! » ou « Non, m'sieur ! » Mais du es dans un badeau américain et alors du penses que du es aussi bon que le vrai marin. Chris, mon garçon, j'ai édé madelot pendant vingt-deux ans, est-ce que du penses que du es aussi bon que moi ? J'édais marin avant que du zois né, et je prenais des ris[1] et je faisais des nœuds et des épissures alors que du jouais avec des doupies et que du faisais voler des cerfs-volants.

1. Ris : bande horizontale de voile qu'on peut replier pour diminuer la surface de toile offerte à la prise du vent. Prendre un ris, c'est réduire la voilure, larguer un ris, le contraire.

— Vous êtes injuste, Emil ! s'écria Chris Farrington, tandis que son visage sensible rougissait et s'attristait.

C'était un jeune gars de dix-sept ans, mince mais solidement bâti, avec son ascendance yankee inscrite en grosses lettres sur toute sa personne.

— Voilà que du recommences ! s'indigna le marin suédois. Mon nom c'est monsieur Johansen, et un pedit jeunot comme doi m'appelle Emil. C'est insultant, et cela vient à cause du badeau américain !

— Mais vous m'appelez bien Chris ! s'exclama le garçon sur un ton de reproche.

— Mais du es un gosse !

— Qui fait le travail d'un homme ! répliqua Chris. Et puisque je fais le travail d'un homme, j'ai autant le droit de vous appeler par votre prénom que vous ! Nous sommes tous égaux sur le gaillard d'avant, et vous le savez. Quand nous avons signé pour cette campagne, à San Francisco, nous l'avons fait comme marins sur la *Sophie Sutherland* et il n'y a eu aucune différence d'établie entre nous. Est-ce que je n'ai pas toujours fait mon travail ? Est-ce que je me suis déjà défilé ? Est-ce que vous, ou un autre, a déjà dû prendre ma place à la barre. Ou pour un quart ? Ou pour monter dans la mâture ?

— Chris a raison, l'interrompit un jeune marin anglais. Personne n'a jamais dû faire un brin de son boulot à sa place. Il a signé au même titre que nous et il s'est montré aussi bon...

— Meilleur ! intervint un homme de la Nouvelle-Écosse. Meilleur que certains d'entre nous ! Quand nous sommes arrivés dans les zones de chasse au phoque, il a montré qu'il était pas loin d'être le meilleur barreur à bord. Il y a que Louis le Français qui puisse le battre, lui qui a des années d'expérience. Je suis juste rameur, et tu es rameur aussi, Emil Johansen, malgré tes vingt-deux ans de mer. Pourquoi tu deviens pas barreur ?

— Trop maladroit, dit l'Anglais en riant. Et trop lent !

— Là n'est pas la question, de toute façon ! s'en mêla le Danois Jurgensen en venant à la rescousse de son frère scandinave. Emil est un homme fait et un vrai marin. Le garçon n'est ni l'un ni l'autre.

La discussion fit rage entre les deux parties, les Suédois, les Norvégiens et les Danois, à cause de la proximité de leur pays d'origine, prenant le parti d'Emil, les Anglais, les Canadiens et les Américains, celui de Chris. D'un point de vue dénué de préjugés, le droit était du côté de Chris. Comme il l'avait dit avec justesse, il faisait le travail d'un homme, le même que n'importe lequel d'entre eux. Mais ils avaient des préjugés, très sérieux, et des propos qui furent échangés naquit un différend durable qui divisa le gaillard d'avant en deux camps.

La *Sophie Sutherland* était un navire phoquier enregistré à San Francisco qui chassait cet animal pour sa fourrure le long de la côte nord du Japon et jusqu'à la mer de Béring. Les autres bateaux de la flotte étaient des deux-mâts mais celui-ci était un trois-mâts, le plus gros de tous. En fait, c'était une goélette équipée de voiles carrées avec trois mâts de hune, de construction récente.

Même si Chris Farrington savait que le bon droit était de son côté et qu'il accomplissait sa tâche fidèlement et avec soin, souvent, quoiqu'en secret, il espérait que surgirait quelque grave danger à l'occasion duquel il pourrait montrer aux matelots scandinaves qu'il était, lui aussi, un vrai marin.

Seulement, une nuit d'orage, dans un accident dont il n'était en rien responsable, en vérifiant la chaîne d'une ancre de rechange, il eut tous les doigts de la main gauche vilainement écrasés. Du même coup, ses espoirs furent anéantis car il lui fut impossible de partir chasser sur les chaloupes : il se trouva forcé de rester à bord, inactif, jusqu'à ce que ses doigts guérissent. Pourtant, même s'il ne s'y attendait pas, cet accident lui procura précisément l'occasion qu'il avait attendue si longtemps.

Une après-midi de la deuxième quinzaine de mai, la *Sophie Sutherland* se balançait doucement par un temps calme sans un souffle d'air. Les phoques étaient nombreux, la chasse bonne, et les chaloupes étaient toutes sorties et hors de vue. Avec elles étaient partis presque tous les hommes de l'équipage. À part Chris, il restait seulement le capitaine, le premier maître et le cuisinier chinois.

Le capitaine portait ce titre par pure courtoisie. C'était un vieil homme qui avait passé les quatre-vingts ans, totalement ignorant des choses de la mer. Mais il était le propriétaire du bateau, de là ce titre honorifique. Bien sûr, le premier maître, qui était le véritable capitaine, était un authentique marin. Le second, bien que son poste fût à bord, était sorti avec les chaloupes où il remplaçait provisoirement Chris comme barreur.

Quand beau temps et bonne chasse se conjuguaient, les chaloupes avaient coutume d'aller loin et, souvent, ne rentraient pas avant que la nuit soit tombée depuis longtemps. Mais bien qu'ils aient affaire à une journée en tout point parfaite, Chris nota une anxiété croissante chez le premier maître. Il arpentait le pont à pas nerveux et ne cessait d'observer l'horizon avec sa longue-vue. Pas une chaloupe n'était visible. Lorsque vint le soir, il envoya même Chris en haut du mât de misaine, mais sans plus de succès. Les chaloupes ne pourraient pas être rentrées avant minuit.

Depuis midi, le baromètre avait baissé avec une effarante rapidité et tous les signes annonçant un gros orage étaient réunis – gros comment ? cela, même le premier maître ne pouvait pas le prévoir. Lui et Chris se mirent au travail pour s'y préparer. Ils replièrent et attachèrent les voiles placées en haut des mâts, affalèrent et rangèrent les voiles basses et rentrèrent les deux voiles avant intérieures. Sur celle qui resta, ils laissèrent un seul ris, et un seul aussi sur la grand-voile.

La nuit tomba avant qu'ils n'achèvent le travail et, avec l'obscurité, arriva l'orage. Un mugissement sourd balaya toute la surface de la mer et le vent frappa la *Sophie Sutherland* de plein fouet. Mais elle réagit promptement et, avec le premier maître à la barre, elle présenta sa proue à cinq degrés dans le vent. Se démenant autant qu'il le pouvait à cause de sa main bandée et avec l'aide insignifiante du cuisinier, Chris se porta à l'avant et disposa la voile de façon à ce que le vent pousse le navire vers l'arrière. Grâce à cette manœuvre et au fait que la grand-voile était à plat, la goélette put demeurer sur place.

— Dieu protège les chaloupes ! Ce n'est pas un coup de vent mais un typhon ! cria le premier maître à Chris vers onze heures. Trop de toile ! Il faut encore prendre deux ris dans cette grand-voile, et il faut le faire tout de suite !

Il regarda le vieux capitaine qui grelottait sous son ciré devant la boîte à compas et se cramponnait à sa précieuse vie.

— Il y a seulement toi et moi, Chris, et le cuisinier, mais lui compte pour presque rien.

Pour prendre les ris, il fallait baisser la grand-voile, or supprimer la pression qu'elle exerçait allait forcément faire tourner la goélette devant le vent et les vagues, à cause de l'action de l'autre voile qu'il restait à l'avant.

— Viens à la barre, ordonna le premier maître. Et quand je te donnerai le signal, appuie fort dessus. Une fois que le bateau aura viré, maintiens-le ! Garde-le là ! Nous le remettrons en panne aussitôt que j'aurais pris les ris.

Agrippant les barreaux qui bougeaient par à-coups, Chris le regarda s'enfoncer dans les ténèbres hurlantes avec le cuisinier qui suivit à contrecœur. La *Sophie*

Sutherland plongeait dans les creux énormes et ballottait terriblement : tendus à l'extrême, les haubans métalliques vibraient dans le vent comme des cordes de harpe. Un cri étouffé lui vint aux oreilles, et il sentit la proue de la goélette tourner comme de sa propre initiative. La grand-voile était en bas !

Avec énergie, il tourna la roue du gouvernail le plus loin possible tout en restant attentif au changement de direction du vent sur son visage et à la rotation du bateau. Le moment était crucial. Dans son mouvement, le navire allait offrir le flanc aux vagues avant de revenir ensuite face à elles. Le vent soufflait en plein sur la joue droite de Chris quand il sentit la *Sophie Sutherland* se pencher et commencer à se soulever vers le ciel – haut ! – haut ! à une distance infinie ! Franchirait-elle la crête de cette vague gigantesque ?

Il sut – il le sentit, en fait, car il ne pouvait rien voir – qu'un mur d'eau se dressait et s'incurvait, bien au-dessus de lui, tout le long du côté où le bateau était exposé au mauvais temps. Il y eut un instant de calme car la muraille liquide coupa le vent. La goélette se redressa et, à cet instant, sembla parfaitement au repos. Puis elle roula à la rencontre de la masse qui déferlait.

Chris cria au capitaine de tenir bon et se prépara lui-même pour le choc. Mais l'homme qui aurait pu y faire face n'existait pas. Un océan d'eau s'abattit sur le dos de Chris et l'arracha de la roue comme s'il n'était qu'un petit bébé. Stupéfié, impuissant, tel un fétu de paille face à un torrent, il fut emporté vers l'avant sans savoir où. Dépassant l'angle de la cabine, il fut précipité le long du bastingage sur une centaine de pieds ou plus avant de venir se cogner violemment au pied du mât, à l'avant du navire. Une seconde lame qui s'abattit à bord lui fit refaire à l'envers le même chemin et le laissa à demi noyé à l'endroit où l'échelle de la poupe aurait dû se trouver.

Meurtri et sanguinolent, vaguement conscient, il s'accrocha au bastingage et se remit sur ses pieds. Il sut que le dernier moment était venu, à moins de pouvoir faire quelques chose. Comme il se tournait vers la poupe, le vent s'engouffra dans sa bouche avec une force suffocante. Le vent soufflait de l'arrière. La goélette était sortie du creux et se trouvait sous le vent. Mais le mouvement de la mer allait forcément la remettre en travers. En s'accrochant au bastingage, Chris parvint à rejoindre la roue juste à temps pour l'en empêcher. La lumière du compas brûlait encore. Ils étaient sauvés.

C'est-à-dire que lui et la goélette étaient sauvés. Quant au sort de ses trois compagnons, il ne pouvait rien en dire. Et il n'osait pas non plus lâcher la barre pour aller voir car il avait besoin de chaque seconde d'une attention absolue pour garder au vaisseau sa direction. La plus infime négligence et la houle sous l'arrière était susceptible de le remettre dans les creux. Aussi se cramponna-t-il, lui, un garçon de soixante-quatre kilos, à cette tâche herculéenne de piloter deux cents lourdes tonnes à travers le chaos d'un violent orage.

Au bout d'une demi-heure, grognant et reniflant, le capitaine se traîna jusqu'aux pieds de Chris. Il marmonna que tout était perdu. Il était blessé à mort. La cuisine était passée par-dessus bord ainsi que la grand-voile avec son gréement, et le cuisinier. Tout !

— Où est le premier maître ? demanda Chris dès qu'il eut repris son souffle après avoir stabilisé un violent écart de la goélette.

Ce n'était pas un jeu d'enfant de piloter au milieu d'un typhon un vaisseau qui n'avait plus qu'une petite voile avec un seul ris.

— Tout à l'avant, répliqua le vieil homme. Écrasé sous un morceau de mât mais il respire encore. Il a les deux bras cassés, dit-il, et il ne sait pas combien de côtes. Cela lui fait très mal.

— À ce compte, il va se noyer vu comment le bateau embarque de l'eau par les écubiers[1] ! Allez à l'avant !

Chris commandait, prenant les choses en charge tout naturellement.

— Dites-lui de ne pas s'inquiéter, que je suis à la barre. Aidez-le autant que vous le pourrez et que, de son côté, il...

Il s'interrompit pour faire tourner la roue vers tribord car une effroyable vague arriva par l'arrière et projeta le navire vers bâbord.

— ... Qu'il prenne soin de lui-même au mieux.

1. Trous ménagés pour laisser passer la chaîne de l'ancre, les amarres, etc.

Ouvrez l'écoutille avant et descendez-le en bas, sur une couchette. Ensuite, refermez bien l'écoutille !

Le capitaine tourna son visage âgé vers l'avant et hésita. Le pont du bateau était recouvert d'eau jusqu'à hauteur du bastingage. Il l'avait traversé et savait que la mort rôdait à chaque pouce du trajet.

— Allez ! cria Chris férocement.

Et au moment où l'homme y allait malgré sa peur :

— Jetez encore un coup d'œil pour essayer de trouver le cuisinier.

Deux heures plus tard, le capitaine revint à demi mort à force de souffrir. Il avait obéi aux ordres. Le premier maître était seul mais en sécurité dans une cabine. Le cuisinier avait disparu. Chris envoya le capitaine dans sa cabine changer de vêtements.

Au terme d'interminables heures de lutte et d'efforts, le jour se leva, froid et gris. Chris regarda autour de lui. La *Sophie Sutherland* courait devant le typhon comme une possédée. Il ne pleuvait pas mais le vent projetait des embruns à une hauteur équivalente à celle du grand mât, ce qui obscurcissait tout, sauf ce qui se trouvait dans les parages immédiats.

Chris ne pouvait apercevoir que deux vagues à la fois – celle qui était devant et celle qui la suivait. La goélette semblait si petite et si insignifiante sur les lames du Pacifique ! Escaladant une montagne en furie, elle marquait une pause, pareille à une coquille de noix, sur le sommet vertigineux, plongeait en avant dans l'abîme grand ouvert sous elle et s'ensevelissait dans une gerbe d'écume en arrivant au fond du creux. Puis le rétablissement, une autre montagne, une autre escalade à donner le vertige, une autre pause et, encore, la brusque dégringolade. À tribord, juste à sa hauteur, Chris aperçut le cuisinier qui tel un fantôme de l'orage, rivalisait de vitesse avec le bateau. À l'évidence, quand il était passé par-dessus bord, il s'était empêtré dans un filin auquel il était resté accroché.

Pendant encore trois heures, Chris, escorté de son macabre compagnon, maintint la *Sophie Sutherland* sous le vent et la houle. Il avait oublié ses doigts blessés depuis longtemps. Le pansement avait été arraché, et le froid et l'eau salée avaient mordu dans les chairs à demi guéries jusqu'à les rendre insensibles à la douleur. Mais il n'avait pas froid. Tenir la barre constituait un travail terriblement éprouvant qui le faisait transpirer par tous les pores de sa peau. Il se sentit pourtant faiblir et défaillir, à cause de la faim et de la fatigue, et salua avec délice le retour du capitaine sur le pont. Ce dernier lui fit manger une livre de gâteau au chocolat, qui restaura ses forces instantanément.

Il ordonna au capitaine de couper le câble auquel le corps du cuisinier était accroché puis de retourner devant pour couper également les filins qui retenaient la voile. Quand ce fut fait, celle-ci s'arracha de ses attaches et s'envola. La *Sophie Sutherland* naviguait les mâts nus.

À midi, l'orage était passé, et vers six heures de l'après-midi les vagues s'apaisèrent suffisamment pour permettre à Chris de lâcher la barre. C'était une folie de croire que les chaloupes avaient pu résister au typhon mais il restait toujours une chance de sauver des vies humaines. Aussi se mit-il aussitôt en devoir de faire en sens inverse le chemin qu'il avait parcouru. Il parvint à prendre un ris sur une des voiles intérieures et deux sur une voile basse puis, grâce au palan de la vigie, à les hisser dans la petite brise qui soufflait encore. Toute la nuit, il tira des bordées sur le chemin du retour, offrant au vent la plus grande surface de toile possible.

Le premier maître se mit à délirer à cause de ses blessures et, entre le soigner et aider à s'occuper du bateau, Chris tint le capitaine occupé.

— Il m'en a appris plus sur la marine, déclara-t-il ensuite, que tout le reste du voyage.

Mais à l'aube la carcasse affaiblie du vieil homme lâcha prise et, totalement épuisé, il sombra dans le sommeil sur la dunette.

Chris, qui désormais pouvait attacher la barre, abrita le vieil homme fatigué sous des couvertures qu'il alla prendre en bas puis il chercha quelque chose à manger dans la cambuse. Mais le jour suivant, il fut contraint de céder lui aussi et somnola par intermittence près de la barre, en s'éveillant de temps à autre pour jeter un coup d'œil.

L'après-midi du troisième jour, il rattrapa une goélette qui avait démâté. En s'approchant, poussé qu'il était par le vent, il vit que le pont était envahi par un équipage plus nombreux qu'à l'habitude. Et en s'approchant encore, il reconnut parmi d'autres les visages de ses camarades qui avaient disparu. Il arrivait juste à temps car ils menaient, aux pompes, un combat perdu d'avance. Une heure plus tard ils étaient tous à bord de la *Sophie Sutherland* avec l'équipage de l'autre goélette qui était en train de couler.

Après s'être considérablement éloignés de leur propre vaisseau, ils avaient trouvé refuge sur ce bateau étranger juste avant l'arrivée du typhon. C'était un phoquier canadien qui effectuait son premier voyage et, apparemment, son dernier.

Le capitaine de la *Sophie Sutherland* avait une histoire à raconter, lui aussi. Il la raconta bien – si bien, en fait, que quand les hommes se trouvèrent tous sur le pont, durant le petit quart de l'après-midi, Emil Johansen se dirigea vers Chris et lui prit la main.

— Chris, dit-il, assez fort pour qu'on puisse bien l'entendre. Chris, je l'admets, du édais un aussi bon marin que moi. Du es un gars épadant et un vrai marin. Je suis fier de doi ! Und Chris..., ajouta-t-il en se retournant comme s'il avait oublié quelque chose. À pardir de maintenant, du peux m'appeler Emil, zans le monsieur !

Les terribles îles Salomon

Cela n'avance à rien de dire que les Salomon constituent un groupe d'îles où la vie est rude. D'un autre côté, il y a des endroits pires dans le monde. Mais pour le nouveau venu qui n'a pas une compréhension innée des hommes et de la vie sauvage, les Salomon peuvent vraiment s'avérer terribles.

Il est vrai que la fièvre et la dysenterie traînent en permanence dans les parages, que les vilaines maladies de peau abondent, que l'air est saturé d'un poison qui mord par tous les pores, que les coupures, les écorchures, les piqûres des plantes vénéneuses s'infectent, et que beaucoup d'hommes robustes qui échappent à la mort là-bas reviennent dans leur pays natal à l'état d'épavcs. Il cst vrai, aussi, quc lcs natifs dcs Salomon sont des sauvages, avec un joyeux appétit pour la chair humaine et la manie de collectionner les têtes humaines. Leur activité préférée en matière de sport consiste à attraper un homme pendant qu'il a le dos tourné et de le frapper habilement avec un tomahawk qui lui tranche la moelle épinière à la base du cerveau.

Il est vrai, encore, que sur certaines îles comme Malaita, les profits et les pertes en matière de relations sociales se calculent en homicides. Les têtes sont une monnaie d'échange, et les têtes blanches ont une grande valeur. Très souvent, une douzaine de villages constituent une cagnotte qu'ils alimentent lune après lune, jusqu'à ce qu'un guerrier courageux vienne offrir la tête d'un homme blanc, bien fraîche et saignante, et remporte le pot.

Tout cela est tout à fait vrai et pourtant il existe des hommes blancs qui ont habité les Salomon une vingtaine d'années et qui ont le mal du pays quand ils les quittent. On a juste besoin d'être prudent – et chanceux – pour vivre là longtemps. Mais il faut aussi appartenir au bon genre d'homme. Il faut porter imprimé sur son âme l'estampille de l'homme blanc inévitable. Il faut être inévitable. Il faut posséder une indifférence grandiose et imperturbable aux bizarreries, un contentement de soi colossal et sans faille, un égotisme racial qui permette de croire qu'un Blanc vaut mieux que mille nègres et que, le dimanche, on est capable d'en liquider deux mille.

C'est là ce qui a rendu l'homme blanc inévitable. Oh ! et encore une chose – l'homme blanc qui veut être inévitable ne doit pas seulement mépriser les races inférieures et penser beaucoup de bien de lui-même, il doit aussi éviter d'avoir beaucoup d'imagination. Il ne doit pas trop bien comprendre les instincts, coutumes et processus mentaux des Noirs, des Jaunes et des bronzés. Car ce n'est pas ainsi que la race blanche a tracé sa route royale partout dans le monde.

Bertie Arkwright n'était pas inévitable. Il était trop sensible, trop finement constitué, et il avait beaucoup trop d'imagination. Le monde était trop pour lui. Il se projetait dans son environnement avec un enthousiasme excessif. Du coup, les Salomon étaient pour lui le dernier endroit où venir. Il n'y vint pas dans l'intention de rester. Il décida qu'une escale de cinq semaines entre deux bateaux à vapeur satisferait l'appel de la vie sauvage qui – il le sentait – faisait vibrer les cordes de tout son être. Du moins, ce fut ainsi qu'il l'expliqua – quoiqu'en termes différents – aux dames touristes sur le *Makembo*. Elles l'admirèrent comme un vrai héros car c'était des dames touristes qui ne connaîtraient rien d'autre que la sécurité du pont du vapeur faisant route à travers l'archipel des Salomon.

Il y avait un autre homme à bord, auquel les dames ne firent pas attention. C'était un brin tout sec d'homme, avec une peau flétrie de la couleur de l'ébène. Le patronyme qu'il avait inscrit sur la liste des passagers n'importe pas, mais son autre nom, capitaine Malou, était, pour les nègres, un nom à évoquer avec respect, un nom propre à effrayer les vilains moricauds au point de les remettre dans le droit chemin et ce, du Nouveau-Hanovre jusqu'aux Nouvelles-Hébrides. Il avait exploité les sauvages et la sauvagerie et, moyennant des fièvres et des travaux forcés, des balles de carabines et les coups de fouet distribués par les contremaîtres, il avait amassé cinq millions de dollars sous forme de concombres de mer, de bois de santal, d'huîtres perlières et de carapaces de tortues, d'ivoire végétal et de coprah, de pâturages, de postes de commerces et de plantations.

Le petit doigt, pourtant cassé, du capitaine Malou renfermait plus d'« inévitabilité » que toute la carcasse de Bertie Arkwright. Seulement, les dames touristes n'avaient rien pour en juger sauf les apparences et, très certainement, Bertie était bel homme.

Il causa avec le capitaine Malou dans le fumoir et lui confia son dessein de voir la vie « rouge et saignante » des Salomon. Le capitaine Malou admit que l'intention était ambitieuse et louable. Ce fut seulement quelques jours plus tard qu'il commença à s'intéresser à Bertie, quand ce jeune explorateur insista pour lui montrer un pistolet automatique de calibre 44. Bertie en expliqua le fonctionnement et fit une démonstration en insérant un chargeur dans le magasin vide.

— C'est si simple, dit-il en faisant glisser le dessus du canon vers l'arrière. Ça le charge et l'arme en même temps, voyez-vous. Et alors, tout ce que j'ai à faire, c'est appuyer sur la gâchette, huit fois, aussi vite que je peux bouger le doigt. Et vous remarquez ce cran de sûreté ? C'est ce que j'aime avec cette arme. Elle est sûre. Elle interdit positivement les maladresses.

Il ôta le chargeur du magasin.

— Vous voyez comme elle est sûre ?

Tandis qu'il maniait le pistolet, le canon se trouva braqué sur l'estomac du capitaine Malou. Les yeux bleus du capitaine le fixèrent sans s'émouvoir.

— Voudriez-vous le pointer dans une autre direction, demanda-t-il.

— Il est parfaitement sûr, l'assura Bertie. J'ai ôté le chargeur. Il n'est plus chargé, vous savez.

— Une arme est toujours chargée.

— Mais celle-ci ne l'est pas !

— Détournez-la tout de même !

La voix du capitaine Malou était plate, métallique et basse mais ses yeux ne quittèrent pas le canon tant que sa ligne de tir ne se fut largement écartée de lui.

— Je parie cinq dollars qu'il n'est pas chargé, proposa chaleureusement Bertie.

L'autre secoua la tête.

— Alors, je vais vous le montrer !

Bertie appuya le canon contre sa tempe avec l'intention évidente d'appuyer sur la gâchette.

— Juste une seconde, dit tranquillement le capitaine Malou en tendant la main. Laissez-moi l'examiner.

Il visa le large et appuya sur la gâchette. Une forte explosion se fit entendre, en même temps que le cliquetis du mécanisme qui expulsa à côté d'eux, sur le pont, une douille encore chaude et fumante.

La mâchoire inférieure de Bertie s'affaissa de stupéfaction.

— J'ai tiré le canon en arrière, une fois, expliqua-t-il. C'était idiot de ma part, je dois l'avouer.

Il ricana mollement et s'assit sur une chaise de pont. Tout le sang s'était retiré de son visage, ce qui avait fait apparaître des cernes noirs sous ses yeux. Ses mains tremblantes étaient incapables de porter sa cigarette à ses lèvres. Le monde était trop pour lui, et il se vit étalé sur le pont avec sa cervelle dégoulinante.

— Réellement, dit-il... Réellement.

— C'est une belle arme, dit le capitaine Malou en lui rendant l'automatique.

Le commissaire du gouvernement était sur le *Makembo*, de retour de Sydney. Avec sa permission, on fit une courte halte à Ugi pour débarquer un missionnaire. À Ugi se trouvait à l'ancre le ketch *Arla*, capitaine Hansen, skipper. En fait, l'*Arla* était un des nombreux bateaux que possédait le capitaine Malou et ce fut sur sa proposition que Bertie monta à bord comme invité pour une expédition de recrutement de quatre jours le long de la côte de Malaita. Ensuite, l'*Arla* ferait halte à la plantation Reminge (propriété elle aussi du capitaine Malou) où Bertie pourrait séjourner une semaine. Enfin, on l'enverrait à Tulagi, le siège du gouvernement, où il serait l'hôte du commissaire.

Le capitaine Malou fut responsable de deux autres suggestions après lesquelles il disparaît de ce récit. L'une fut faite au capitaine Hansen, l'autre à M. Harriwell, le gérant de la plantation Reminge. Toutes deux étaient d'une teneur similaire, à savoir faire découvrir à M. Bertram Arkwright quelques aspects « rouges et saignants » de la vie aux Salomon. Et aussi, il se murmure que le capitaine Malou mentionna qu'une caisse de whisky récompenserait chaque aspect particulièrement remarquable que découvrirait M. Arkwright.

— Oui, Schwarz a toujours été beaucoup trop entêté. Voyez-vous, il a emmené quatre membres de son équipage à Tulagi pour les faire fouetter – de façon officielle, n'est-ce pas. Après quoi, il est reparti avec eux dans une chaloupe. Il faisait mauvais temps et le bateau a chaviré à peine arrivé au large. Schwarz a été le seul à se noyer. Bien sûr, c'était un accident.

— Un accident ? Vraiment ? demanda Bertie qui était intéressé seulement à moitié et regardait intensément le Noir à la barre.

Ugi était derrière eux et l'*Arla* glissait sur une mer estivale vers les hauteurs boisées de Malaita. Le timonier qui captivait tant l'attention de Bertie arborait un clou de trois pouces de long planté comme une brochette à travers son nez. Autour du cou, il avait un collier de boutons de pantalon. Dans les trous percés dans ses oreilles il y avait un ouvre-boîte, le manche cassé d'une brosse à dents, une pipe en terre, la roue dentée en cuivre d'un réveil et plusieurs cartouches de carabine Winchester.

Sur sa poitrine, attachée autour du cou, pendait la moitié d'une assiette en porcelaine. Quelque quarante Noirs semblablement équipés se trouvaient sur le pont. Quinze d'entre eux étaient les hommes d'équipage, le reste, des travailleurs fraîchement recrutés.

— Bien sûr que c'était un accident, dit d'une voix forte le second de l'*Arla*, un homme élancé aux yeux noirs qui ressemblait plus à un professeur qu'à un marin. Johnny Bedip a manqué en avoir un, du même genre. Il ramenait plusieurs Noirs d'une séance de fouet quand ils l'ont fait chavirer. Mais il savait nager aussi bien qu'eux et il y en a eu deux de noyés. Il a utilisé une rame et un revolver. Bien sûr, c'était un accident.

— Tout à fait courants, ces accidents, remarqua le capitaine. Vous voyez cet homme à la barre, monsieur Arkwright ? C'est un anthropophage. Il y a six mois, lui et le reste de l'équipage ont noyé celui qui était alors le capitaine de l'*Arla*. Ils ont fait ça sur le pont, monsieur, juste là, près du mât de misaine.

— Le pont était dans un état épouvantable, dit le second.

— Est-ce que je dois comprendre... ? commença Bertie.

— Oui, précisément ça, dit le capitaine Hansen. Ce fut une noyade accidentelle.

— Mais, sur le pont... ?

— Exactement. Et ça ne me dérange pas de vous dire, mais en confidence, bien sûr, qu'ils se sont servi d'une hache.

— Cet équipage-là ? Vous voulez dire, le vôtre ?

Le capitaine Hansen approuva de la tête.

— L'autre skipper était trop peu attentif, expliqua le second. Il a juste tourné le dos et, alors, on lui a fait son affaire.

— Nous n'avons aucun moyen de les impressionner, par ici, se plaignit le skipper. Le gouvernement donne raison à un nègre contre un Blanc chaque fois. On ne peut pas tirer le premier. Il faut laisser le nègre tirer d'abord sinon le gouvernement appelle ça un meurtre et vous envoie aux îles Fidji. C'est pour ça qu'il y a tant de noyades accidentelles.

On appela pour le dîner. Bertie et le skipper descendirent, laissant la surveillance du pont au second.

— Garde un œil sur ce démon noir, cet Auiki, prit soin de dire le skipper en partant. Je n'aime pas son allure depuis quelques jours.

— Entendu, répondit le second.

Le dîner allait son train ; le skipper était au milieu d'une histoire, à raconter la perte du *Scottish Chiefs*.

— Pourtant ! disait-il, c'était le meilleur bateau de cette côte. Mais quand il a rompu l'amarre, et avant qu'il ne heurte le récif, les canoës sont partis vers lui. Il y avait cinq hommes blancs plus un équipage de vingt gars des îles de Santa Cruz et des Samoa, et seul le subrécargue[1] en a réchappé. En plus, il y avait soixante recrues. Tous ont été *kai-kai* ?

— *Kai-kai* ?

— Oh ! je vous demande pardon. Ils se sont tous fait manger. Et puis il y a eu le *James Edwards*. Il était remarquablement gréé...

Mais à ce moment-là, un juron lancé par le second retentit sur le pont accompagné d'un chœur de cris sauvages. Un revolver tira trois fois puis il y eut un grand plouf. Le capitaine Hansen grimpa l'escalier instantanément et les yeux de Bertie furent fascinés de le voir tirer son revolver en montant.

Bertie le suivit avec beaucoup plus de circonspection et hésita un moment avant de sortir la tête de l'écoutille. Mais rien ne se passait. Le second tremblait

1. Le représentant de l'armateur ; il ne fait pas partie de l'équipage.

d'émotion, son revolver à la main. Une fois il sursauta en faisant presque un demi-tour, comme si un danger venait le menacer par derrière.

— Un des indigènes est passé par-dessus bord, dit-il d'une voix étrange et nerveuse. Il ne savait pas nager.

— Qui était-ce ? demanda le skipper.

— Auiki, fut la réponse.

— Mais dites-moi, j'ai entendu des coups de feu, dit Bertie tout frémissant d'excitation, car il reniflait l'aventure, et l'aventure qui s'était terminée bien.

Le second se tourna vers lui et ricana :

— C'est sacrément faux ! Il n'y a pas eu de coups de feu ! Le nègre est tombé par-dessus bord.

Le capitaine Hansen fixa sur Bertie un regard terne qui ne cilla pas un instant.

— Je... Je pensais..., commença Bertie.

— Des coups de feu ? dit le capitaine Hansen d'un ton perplexe. Avez-vous entendu des coups de feu, monsieur Jacobs ?

— Pas un seul, répondit M. Jacobs.

Le skipper lança à son hôte un regard de triomphe et dit :

— Un accident, de toute évidence. Descendons, monsieur Arkwright, et finissons de dîner.

Cette nuit-là, Bertie dormit dans la cabine du capitaine, un petit réduit pris sur la cabine principale. La cloison était décorée d'un râtelier garni de fusils. Audessus de la couchette, il y avait trois autres armes. En dessous, se trouvait un tiroir ; quand il le tira, il découvrit qu'il était plein de munitions, de dynamite et de boîtes de détonateurs. Il choisit de prendre le lit d'en face. Bien en vue sur une petite table, était posé le registre de l'*Arla*. Bertie ignorait qu'il avait été spécialement préparé pour l'occasion par le capitaine Malou. Il lut donc comment, le 21 septembre, deux hommes d'équipage étaient tombés à l'eau et s'étaient noyés. Bertie lut entre les lignes et comprit de quoi il s'agissait.

Il lut comment la chaloupe de l'*Arla* avait été attaquée lors d'une embuscade à Su'u et avait perdu trois hommes. Comment le skipper avait découvert le cuisinier en train de faire cuire de la chair humaine sur le fourneau de la coquerie – de la chair achetée par l'équipage lors d'une escale à Fui. Comment une explosion de dynamite, alors qu'on faisait des signaux, avait tué un autre membre d'équipage. Il lut des attaques de nuit, des ports d'où on s'enfuyait entre les deux crépuscules, des embuscades d'indigènes au milieu des marécages de palétuviers et des abordages par des marins dans les passages plus larges. Un élément qui revenait avec une fréquence monotone était les décès dus à la dysenterie. Il nota avec inquiétude que deux hommes blancs étaient morts ainsi – des invités, comme lui, sur l'*Arla*.

— Vous savez, dit Bertie au capitaine Hansen le lendemain, j'ai jeté un coup d'œil à votre registre.

Le skipper manifesta brièvement sa contrariété qu'on ait laissé traîner le registre de la sorte.

— Et cette dysenterie, en réalité c'est des balivernes, comme toutes ces noyades accidentelles, poursuivit Bertie. Qu'est-ce que ce terme remplace ?

Le skipper admira visiblement la clairvoyance de son hôte, se raidit pour nier avec indignation puis, finalement, se rendit avec bonne grâce.

— Vous voyez, c'est ainsi, monsieur Arkwright. Ces îles ont déjà bien assez mauvaise réputation. Il devient chaque jour plus difficile d'y embaucher des hommes blancs. En supposant qu'un quidam soit tué, la compagnie devra payer une fortune pour qu'un autre type accepte le boulot. Tandis que s'il meurt banalement de maladie... Les nouveaux arrivants ne se soucient pas des maladies. Ce qu'ils refusent catégoriquement, c'est de se faire assassiner. Je pensais que le précédent skipper de l'*Arla* était mort de la dysenterie quand j'ai pris sa place. Après, c'était trop tard. J'avais signé le contrat.

— De plus, dit M. Jacobs, il y a trop de morts par noyades accidentelles. Cela ne va plus. Mais c'est la faute du gouvernement. Un homme blanc n'a pas une chance de se défendre contre les nègres.

— Mais oui, prenez le cas de la *Princesse* et de son second américain, dit le skipper en reprenant ses histoires. Il transportait cinq hommes blancs en plus d'un agent du gouvernement. Le capitaine, l'agent et le subrécargue étaient allés à terre avec deux canots. Ils ont tous été tués. Le second et le maître d'équipage avec à peu près quinze hommes – des Samoans et des Tongiens – se trouvaient à bord. Une foule de nègres est arrivée depuis le rivage. La première chose qu'a su le second, c'est que le maître d'équipage et tous les matelots ont été tués au cours de l'assaut initial.

Alors il a pris trois cartouchières et deux Winchesters, et il a grimpé dans la mâture.

» Il était le seul survivant. On ne peut pas le blâmer s'il est devenu fou. Il a tiré avec une des carabines jusqu'à ce qu'elle soit tellement brûlante qu'il ne pouvait plus la tenir. Le pont était noir de nègres. Il les a tous nettoyés. Il les descendait à mesure qu'ils passaient le bastingage, et il les descendait aussi vite qu'ils prenaient leurs pagaies. Ensuite ils ont sauté à l'eau et ont commencé à nager pour se sauver. Et lui, qui était fou, en a abattu une demi-douzaine de plus. Et qu'est-ce qu'il a reçu pour ça ?

— Sept ans de déportation aux Fidji ! aboya le second.

— Le gouvernement a dit qu'il n'avait pas eu raison de tirer après qu'ils avaient sauté à l'eau, expliqua le skipper.

— Voilà pourquoi ils meurent de la dysenterie maintenant, ajouta le second.

— Je m'imagine, dit Bertie qui aurait bien aimé que la croisière soit terminée.

Plus tard dans la journée, il interrogea le Noir qui lui avait été désigné comme cannibale. Le nom du gaillard était Sumasai. Il avait passé trois ans sur une plantation du Queensland. Il était allé aux Samoa, aux Fidji et à Sydney. Et, comme matelot, il avait visité, sur des goélettes de recruteurs, la Nouvelle Angleterre, la Nouvelle-Irlande, la Nouvelle-Guinée et les îles de l'Amirauté. C'était également un sacré farceur, et il aligna son comportement sur les dires de son skipper. Oui, il avait mangé de nombreux hommes. Combien ? Il ne pouvait pas se rappeler le compte. Oui, des hommes blancs aussi. Ils étaient très bons, sauf quand ils étaient malades. Il en avait mangé un qui était malade, une fois.

— Ma parole, s'écria-t-il à ce souvenir. Moi malade beaucoup avec lui ! Mon estomac a marché beaucoup trop !

Bertie frissonna et l'interrogea sur les têtes. Oui, Sumasai en avait plusieurs, cachées à terre. En bon état, séchées au soleil et traitées à la fumée. L'une d'elles était celle d'un capitaine de goélette. Elle avait de longues moustaches. Il la vendrait pour deux livres sterling. Les têtes de Noirs, il les vendrait pour une livre. Il avait aussi quelques têtes de moricauds, en mauvais état, qu'il lâcherait pour dix shillings.

Cinq minutes plus tard, Bertie se retrouva assis sur un panneau d'écoutille à côté d'un Noir qui avait une horrible maladie de peau. Il s'écarta vivement et, en réponse à sa question, il lui fut révélé que c'était la lèpre. Il se précipita en bas pour se laver avec du savon antiseptique. Il dut procéder à d'autres lavages antiseptiques durant le reste de la journée car tous les indigènes du bord étaient affligés de vilains ulcères d'une sorte ou d'une autre.

Comme l'*Arla* avait mis à l'ancre au milieu d'une mangrove, un double rang de barbelés fut mis en place au-dessus du bastingage. Cela semblait toute une affaire et quand Bertie vit les canoës accoster, armés d'avirons, d'arcs et de flèches, de sniders, il aurait voulu, plus ardemment encore, que sa croisière soit terminée.

Le soir, les indigènes furent lents à quitter le navire alors que le soleil se couchait déjà. Et certains d'entre eux se regimbèrent quand le second leur ordonna de retourner à terre.

— Peu importe, je vais m'occuper d'eux, dit le capitaine Hansen en descendant dans la cale.

Quand il remonta, il montra à Bertie un bâton de dynamite attaché à un hameçon. Il se trouve qu'un flacon de chlorodyne[1] enveloppé dans du papier d'emballage et équipé d'une mèche parfaitement inoffensive peut tromper n'importe qui. Bertie fut trompé, les indigènes aussi. Quand le capitaine Hansen alluma la mèche et accrocha l'hameçon à un pli du pagne d'un indigène, ce même indigène fut saisi d'un tel désir de retourner à terre qu'il ne pensa pas à se dépouiller du pagne. Il se mit à courir droit devant, la mèche grésillant et crachotant dans son dos ; à chaque pas qu'il faisait, les indigènes qui se trouvaient sur son passage piquaient une tête par-dessus le barbelé. Bertie fut frappé d'horreur. Le capitaine Hansen aussi : il avait oublié ses vingt-cinq recrues alors qu'il avait payé trente shillings, d'avance, pour chaque homme. Ceux-ci sautèrent par-dessus bord en même temps que les visiteurs avant d'être finalement imités suivis par celui qui traînait la bouteille de chlorodyne grésillante.

Bertie ne vit pas la bouteille exploser ; mais comme,

1. Nom d'un médicament alors très populaire dans les îles britanniques du Pacifique. Il était censé être efficace contre à peu près tout.

fort opportunément, le second fit exploser un vrai bâton de dynamite à un endroit où il ne pouvait blesser personne, Bertie aurait juré devant n'importe quel tribunal de l'amirauté qu'un indigène avait été réduit en petits morceaux. La fuite des recrues avait coûté quarante livres à l'*Arla* et, comme les hommes s'étaient enfuis dans la brousse, il n'y avait pas d'espoir de les récupérer. Aussi le skipper et le second se mirent-ils en devoir de noyer leur chagrin dans du thé froid.

Le thé froid se trouvait dans des bouteilles de whisky, si bien que Bertie ne sut pas que c'était du thé qu'ils sirotèrent. Tout ce qu'il sut c'est que les deux hommes furent bientôt très saouls et qu'ils discutèrent longuement et avec beaucoup d'énergie pour savoir s'il fallait rapporter le cas du nègre déchiqueté comme un cas de dysenterie ou comme une noyade accidentelle. Quand ils s'endormirent et se mirent à ronfler très fort, Bertie demeura le seul Blanc. Il monta la garde au milieu des périls jusqu'à l'aube, craignant une attaque depuis le rivage ou une mutinerie de l'équipage.

L'*Arla* passa trois jours supplémentaires sur la côte, et trois soirs de rang, le capitaine et le second se soûlèrent abominablement avec du thé froid, laissant Bertie monter la garde. Ils savaient qu'on pouvait se reposer sur lui, autant qu'il était absolument sûr, lui, s'il survivait, qu'il ne manquerait pas de rapporter leur ivrognerie au capitaine Malou. Puis l'*Arla* jeta l'ancre à la plantation Reminge, à Guadalcanal, et Bertie prit pied sur le rivage avec un soupir de soulagement. Il serra la main du régisseur, M. Harriwell. Ce dernier était prêt à le recevoir.

— Vous ne devez pas vous alarmer si certains de nos amis semblent abattus, lui dit M. Harriwell après l'avoir conduit à l'écart pour lui faire ces confidences. Il est question d'une révolte. Il y a eu deux ou trois signaux suspects, je veux bien l'admettre, mais, pour ma part, je pense qu'il s'agit de balivernes.

— Com... Combien de Noirs avez-vous sur la plantation ? demanda Bertie dont le cœur se serrait.

— Nous en faisons travailler quatre cents, pour le moment, répondit gaiement M. Harriwell. Mais à trois que nous sommes, vous y compris bien sûr, plus le skipper et le second, nous pouvons très bien nous en débrouiller.

Bertie fit alors la connaissance d'un certain McTavish, le magasinier, qui fit à peine attention à cette présentation tellement son désir de présenter sa démission au gérant était grande.

— Il se trouve que je suis un homme marié, monsieur Harriwell, et que je ne peux pas me permettre de rester plus longtemps. Des ennuis se préparent, c'est aussi évident que le nez au milieu de la figure. Les nègres vont se révolter et il y aura une autre horreur d'Honono, ici !

— C'est quoi, une horreur d'Honono ? demanda Bertie après qu'on eut persuadé le magasinier de rester jusqu'à la fin du mois.

— Oh ! il veut dire la plantation Honono, sur l'île Ysabel, dit le régisseur. Les nègres ont tué les cinq Blancs qui étaient là à terre, ont capturé la goélette, tué le capitaine et le second et se sont tous enfuis sur Malaita. Mais j'ai toujours dit qu'ils étaient imprudents à Honono. Ils ne nous tomberont pas dessus pendant que nous dormons, ici. Venez, monsieur Arkwright, venez plutôt admirer la vue que nous avons depuis la véranda.

Bertie était trop occupé à se demander comment il pourrait bien filer à Tulagi, chez le commissaire, pour beaucoup profiter de la vue. Il s'interrogeait encore quand un coup de feu éclata tout près de lui, derrière son dos. Au même moment, il eut le bras presque disloqué tant M. Harriwell déploya d'énergie pour le traîner à l'intérieur de la maison.

— Dites donc, mon vieux, c'est passé près ! dit le régisseur tout en le palpant pour vérifier s'il n'était pas blessé. Je ne saurais vous dire combien je suis désolé. Mais c'était en plein jour et je n'aurais jamais pu imaginer...

Bertie devenait pâle.

— Ils ont eu le régisseur précédant de la même façon, assura McTavish. Et pourtant c'était un sacré chic type. Sa cervelle était éparpillée dans toute la véranda. Vous avez remarqué cette tache sombre là, entre les marches et la porte ?

Bertie était mûr pour le cocktail que M. Harriwell dosa et prépara pour lui. Mais avant qu'il puisse le boire, entra un homme portant une culotte de cavalier et des bandes molletières.

— Qu'y a-t-il encore ? demanda le régisseur après un rapide coup d'œil sur le nouveau venu. La rivière monte à nouveau ?

— Au diable la rivière ! c'est les nègres ! Il est sorti du champ de canne à sucre, à une douzaine de pieds, et m'a tiré dessus. C'était une snider, et il a tiré la crosse à la hanche. Maintenant, ce que je voudrais savoir, c'est où il avait trouvé une snider. Ah ! je vous demande pardon. Content de vous connaître, Arkwright.

— M. Brown est mon assistant, expliqua M. Harriwell. Et maintenant, prenons ce verre.

— Mais où a-t-il trouvé cette snider ? insista M. Brown. J'ai toujours été contre le fait de laisser traîner des armes.

— Elles sont toujours là, dit M. Harriwell chaleureusement.

M. Brown eut un sourire incrédule.

— Venez voir, dit le régisseur.

Bertie les accompagna dans le bureau où M. Harriwell pointa triomphalement du doigt une grosse caisse d'emballage dans un coin poussiéreux.

— Alors, où ce mendiant a-t-il trouvé la snider ? répéta M. Brown.

Juste à ce moment-là, McTavish souleva la caisse. Le régisseur sursauta puis ôta vivement le couvercle. La caisse était vide. Ils s'entre-regardèrent dans un silence horrifié. Harriwell s'effondra totalement.

Alors McTavish jura.

— Ce que je répète depuis le début : il ne faut pas se fier aux domestiques !

— Cela semble réellement sérieux ! admit Harriwell. Mais nous nous en sortirons tout de même. Ce dont ces nègres sanguinaires ont besoin, c'est d'une bonne secousse ! Voulez-vous bien, messieurs, apporter vos fusils au dîner, et vous, monsieur Brown, préparez quarante ou cinquante bâtons de dynamite avec des mèches sûres et courtes. Nous leur donnerons une leçon. Et à présent, messieurs, à table, le dîner est servi !

Une des choses que Bertie détestait était bien le riz au curry en sorte qu'il fut seul à se servir d'une alléchante omelette. Il avait presque fini de vider son assiette quand Harriwell en prit aussi un morceau. Il en goûta une bouchée qu'il recracha aussitôt en hurlant.

— C'est la seconde fois ! annonça McTavish lugubrement.

Harriwell continuait de se racler la gorge et de cracher.

— Seconde fois quoi ? balbutia Bertie.

— Poison ! telle fut la réponse. Ce cuisinier finira pendu !

— C'est comme ça qu'est mort le comptable, là-bas, au cap March, intervint M. Brown. Une mort horrible. Ils ont raconté, sur le *Jessie*, qu'on l'entendait crier à cinq kilomètres à la ronde.

— Je vais mettre le cuisinier aux fers, crachota Harriwell. Heureusement, nous nous en sommes aperçus à temps.

Bertie était paralysé sur son siège. Il n'y avait plus la moindre couleur sur son visage. Il tenta de parler mais il en résulta seulement un gargouillis inaudible. Tous le regardèrent avec anxiété.

— Ne nous dites pas ! cria McTavish d'une voix tendue. Ne nous dites pas !

— Mais si ! J'en ai mangé, en quantité, une pleine assiettée ! explosa Bertie à la façon d'un plongeur qui reprend brusquement son souffle.

Le terrible silence se prolongea une demi-minute encore et il lut son destin dans leurs yeux.

— Peut-être que ce n'était pas du poison après tout, dit Harriwell d'un ton sinistre.

— Faites venir le cuisinier, dit Brown.

Entra le cuisinier, un gaillard noir tout sourire, avec les nez et les oreilles percés et ornés.

— Eh toi ! Wi-wi, quel nom a ça ? rugit Harriwell en montrant l'omelette d'un doigt accusateur.

Avec naturel, Wi-wi se montra effrayé et confus.

— Ça bon *kai-kai* gentil ! murmura-t-il avec l'air de s'excuser.

— Faites-le-lui manger, dit Brown. Ce sera un bon test !

Harriwell remplit une cuillère d'omelette et s'approcha du cuisinier qui s'enfuit, tout à fait paniqué.

— Voilà qui règle la question, dit Brown d'un ton solennel. Il ne la mangera pas.

— Monsieur Brown, voulez-vous aller le mettre aux fers, s'il vous plaît ? demanda M. Harriwell avant de s'adresser avcc chaleur à Bertie. Tout va bien, mon vieux ! Le commissaire se chargera de lui. Et si vous mourez, faites-lui confiance, le drôle sera pendu.

— Je ne crois pas que le gouvernement le fera, objecta McTavish.

— Mais, messieurs, messieurs, cria Bertie, en attendant, pensez à moi !

Harriwell haussa les épaules, l'air apitoyé.

— Désolé, mon vieux, mais c'est un poison indigène, et il n'existe pas d'antidote aux poisons indigènes. Essayez de vous reprendre et si...

Deux violentes détonations éclatèrent au-dehors, interrompant le propos. Brown entra. Il rechargeait sa carabine.

— Le cuisinier est mort, dit-il en se rasseyant à table. La fièvre. Une attaque plutôt brutale.

— J'étais en train de dire à M. Arkwright qu'il n'existe pas d'antidote aux poisons indigènes...

— À part le gin ! dit M. Brown.

M. Harriwell se traita lui-même d'idiot, d'étourdi et courut chercher la bouteille de gin.

— Cul sec, mon garçon, cul sec ! conseilla-t-il à Bertie qui avala d'un coup les trois quarts d'un grand gobelet, et se mit à tousser et à s'étrangler sous l'effet de la morsure de l'alcool pur, au point que des larmes lui coulèrent sur les joues.

Harriwell lui prit le pouls, vérifia s'il était fiévreux, affecta de l'examiner attentivement et douta que l'omelette ait été empoisonnée. Brown et McTavish en doutèrent, eux aussi, mais Bertie discerna une nuance d'insincérité dans leurs voix. Son appétit l'avait déserté et il se prenait discrètement le pouls sous la table. Il découvrit une accélération indéniable mais ne pensa pas à l'attribuer au gin qu'il avait bu. McTavish, carabine à la main, sortit sur la véranda, en reconnaissance.

— Ils se rassemblent du côté de la cuisine ! tel fut son rapport. Et ils ont quantité de sniders. Mon idée est d'arriver discrètement par l'autre côté et de les prendre à revers. Frapper en premier, voyez-vous. Vous venez, Brown ?

Harriwell continua son dîner imperturbablement. Bertie, lui, constata que son pouls avait augmenté de cinq pulsations. Il ne put cependant pas s'empêcher de sursauter quand les carabines commencèrent à tirer. Par-dessus les coups espacés des sniders, on pouvait entendre les tirs répétitifs des Winchesters de Brown et de McTavish – le tout sur fond de cris et de hurlements démoniaques.

— Ils les ont mis en fuite, fit remarquer Harriwell alors que les cris et les coups de feu s'éloignaient en baissant d'intensité.

À peine Brown et McTavish étaient-ils revenus à table que ce dernier reconnut :

— Ils ont de la dynamite.

— À ce compte, attaquons-les aussi à la dynamite, proposa Harriwell.

Après avoir enfilé, chacun, une douzaine de bâtons dans leurs poches et s'être équipé de cigares allumés, ils coururent vers la porte. Et juste alors, cela se produisit. Ils en blâmèrent McTavish par la suite, et celui-ci admit que la charge avait été un brin excessive. Mais, en tout cas, elle explosa sous la maison qui se souleva en diagonale avant de retomber sur ses fondations. La moitié de la porcelaine sur la table fut brisée tandis que la pendule s'arrêtait net. Criant vengeance, les trois hommes se précipitèrent dehors dans la nuit et le bombardement commença.

Quand ils revinrent, pas de Bertie. Il avait rampé jusqu'au bureau, s'y était barricadé et avait sombré, à même le sol, dans un cauchemar imbibé de gin où il endura mille morts tandis que les terribles combats se déroulaient autour de lui. Le lendemain, malade et la tête douloureuse à cause du gin, il se traîna dehors pour découvrir que le soleil se trouvait encore dans le ciel et Dieu probablement au Paradis car ses hôtes étaient vivants et même pas blessés.

Harriwell le pressa de rester plus longtemps mais Bertie insista pour remonter à bord de l'*Arla* et faire voile jusqu'à Tulagi. Une fois là, il ne bougea plus de la maison du commissaire jusqu'au départ du prochain vapeur. Il y avait des dames touristes sur le bateau et, une fois de plus, Bertie passa pour un héros tandis qu'on ne remarqua même pas le capitaine Malou. Seulement, depuis Sydney, ce dernier envoya deux caisses du meilleur whisky, car il fut incapable de décider lequel, du capitaine Hansen ou de M. Harriwell, avait fait découvrir l'aspect le plus remarquable de la vie aux Salomon à Bertie Arkwright.

REPOUSSER UN ABORDAGE

— Non, honnêtement, Bob, j'en suis sûr, je suis né trop tard. Le vingtième siècle n'est pas une époque pour moi. Si j'avais pu choisir...

— Tu serais né au seizième, l'interrompis-je en riant, avec Drake, et Hawkins, et Raleigh et les autres rois des mers.

— Tu as raison, assura Paul.

Il se retourna pour se mettre à plat dos sur le petit pont arrière et poussa un long soupir d'insatisfaction.

Il était un peu passé minuit et, avec le vent presque en poupe, nous doublions l'extrémité de la baie de San Francisco vers l'île de Bay Farm. Paul Fairfax et moi allions à la même école, habitions porte à porte et faisions équipe tous les deux. En épargnant un peu d'argent, en en gagnant aussi, et en renonçant, chacun, à une bicyclette pour notre anniversaire, nous avions amassé de quoi acheter le *Mist*, un superbe voilier de vingt-huit pieds, gréé en sloop, avec un tout petit hunier et un dériveur. Le père de Paul était féru de voile lui-même ; il avait conclu l'affaire pour nous, examinant tous les détails, fouinant, plantant son canif dans les bois, testant toutes les planches avec le plus grand soin. En fait, c'était sur sa goélette, la *Whim*, que Paul et moi avions appris ce que nous savions de la navigation à voile et, à présent que le *Mist* était à nous, nous travaillions dur pour accroître notre savoir.

Comme il était large de coque, le *Mist*, était confortable et spacieux. Un homme pouvait se tenir debout dans la cabine et grâce au fourneau, aux ustensiles de cuisine et aux couchettes, nous étions parés pour des voyages d'une semaine entière. Nous partions pour la première virée de ce genre et nous faisions voile de nuit parce que c'était la première, justement. Tôt dans la soirée, nous avions quitté Oakland et, pour le moment, nous étions au large de l'entrée de l'Alameda Creek, le vaste estuaire d'eau salée qui remplit et vide la baie de San Leandro.

— Les hommes vivaient en ces temps-là, dit Paul, assez brusquement pour me faire sursauter en me tirant de mes pensées. Au temps des rois des mers, je veux dire, expliqua-t-il.

Je dis « oh ! » par sympathie et commençai à siffler *Capitaine Kidd*.

— Vois-tu, j'ai mes idées sur ces choses, poursuivit-il. On parle de romanesque, d'aventure et tout ça, mais je dis que le romanesque et l'aventure sont morts. Nous sommes trop civilisés. Nous n'avons pas d'aventures au vingtième siècle. Nous allons au cirque...

— Mais..., dis-je pour tenter de l'interrompre.

Seulement, il ne m'écouta pas.

— Penses-y bien, Bob, dit-il. Depuis tout le temps que nous traînons ensemble, quelles aventures avons-nous vécues ? C'est vrai, nous sommes partis dans les collines, une fois, et nous sommes rentrés tard dans la nuit. Nous étions fatigués et affamés mais même pas perdus. Tout le temps, nous avons su où nous étions. C'était juste l'affaire de marcher. Ce que je veux dire, c'est que nous n'avons jamais dû nous battre pour notre vie. Tu comprends ? Nous n'avons jamais eu un pistolet braqué sur nous, ou un canon, ou une épée qui se balançait au-dessus de notre tête ou – ou n'importe quoi...

— Tu ferais bien de donner trois ou quatre pieds de mou à la grand-voile, dit-il d'un ton désenchanté, comme si cela n'importait pas beaucoup, en fait. Le vent est encore en train de tourner.

— En fait, autrefois, la mer était une constante et glorieuse aventure, continua-t-il. Un garçon quittait l'école pour devenir un aspirant et, au bout de quelques semaines, il naviguait à la poursuite d'un galion espagnol ou emmêlait ses vergues avec un corsaire français ou... des tas d'autres choses.

— Pourtant... il y a des aventures aujourd'hui, objectai-je.

Paul poursuivit comme si je n'avais pas parlé :

— Tandis qu'aujourd'hui, nous allons de l'école au lycée puis du lycée à l'université et ensuite dans un bureau ou nous devenons docteur ou, quelque chose comme ça. Les seules aventures dont nous avons connaissance sont celles que nous lisons dans les livres.

Eh bien ! je suis aussi sûr d'être assis ici sur le pont de ce sloop, le *Mist*, que de ne pas savoir que faire, pas plus que toi, si une aventure se présentait, pour de vrai. Nous saurions quoi faire, tu crois ?

— Oh ! je ne sais pas, répondis-je évasivement.

— Au moins, tu ne serais pas lâche, n'est-ce pas ? demanda-t-il.

J'étais certain que non et je le dis.

— Mais pas besoin d'être lâche pour perdre la tête, n'est-ce pas ?

J'admis que des hommes braves pouvaient perdre leur sang-froid.

— À ce compte, résuma Paul avec une note de regret dans la voix, il est probable que nous gâcherions l'aventure. C'est une honte et voilà tout ce que je peux en dire.

— L'aventure ne s'est pas encore présentée, répondis-je, mécontent de le voir abattu pour un rien.

Voyez-vous, Paul était un gars assez spécial dans son genre et je le connaissais bien. Il lisait beaucoup, avait l'imagination prompte et, de temps à autre, sombrait dans des humeurs semblables à celle-là. Aussi je lui dis :

— L'aventure ne s'est pas encore présentée, alors ce n'est pas la peine de se désoler par avance de l'avoir gâchée. Pour ce qu'on en sait, elle pourrait aussi tourner splendidement bien.

Paul ne dit rien d'un moment et je pensais qu'il avait changé d'humeur quand il reprit brusquement la parole :

— Imagine seulement, Bob Kellogg, dit-il, que tandis que nous naviguons, maintenant, et peu importe les raisons, imagine qu'un bateau vienne sur nous avec des hommes armés à bord. Que ferais-tu pour repousser l'abordage ? Crois-tu que tu serais à la hauteur ?

— Et toi, que ferais-tu ? demandai-je aussitôt. Rappelle-toi que nous n'avons pas une seule arme à feu sur le *Mist*.

— Alors tu te rendrais ? demanda-t-il avec colère. Mais suppose qu'ils veuillent te tuer ?

— Je ne parle pas de ce que je ferais, répondis-je assez sèchement car je commençais à être un peu en colère, à mon tour. Je te demande ce que toi tu ferais sans armes d'aucune sorte ?

— Je trouverais quelque chose, répondit-il – ce qui était un peu court à mon avis.

Je me mis à rire.

— À ce compte l'aventure ne serait pas gâchée, n'est-ce pas ? Et tu as parlé pour ne rien dire !

Paul gratta une allumette regarda sa montre et fit remarquer qu'il était presque une heure, une façon de faire bien à lui quand une discussion tournait à son désavantage. En fait, nous n'avions pas été aussi près de nous quereller depuis longtemps même si nous avions eu notre lot de disputes dans les premiers temps de notre amitié. Je venais juste d'apercevoir une petite lumière blanche droit devant quand Paul parla de nouveau :

— Feu de mouillage, dit-il. Drôle d'endroit pour jeter l'ancre. Ça peut être une goélette marchande avec un canot attaché à la poupe. Tu ferais mieux de passer au large.

Je détournai le *Mist* de plusieurs degrés. Grâce au vent, nous continuâmes à belle allure en passant le feu tellement au large que nous ne parvînmes même pas à déterminer de quel type de bateau il s'agissait. Brusquement le *Mist* ralentit de façon très progressive et douce, un peu comme s'il glissait sur de la boue molle. Nous fûmes étonnés tous les deux. Le vent soufflait plus fort que jamais et, pourtant, nous étions presque à l'arrêt.

— Un banc de boue ici ? Jamais entendu parler d'une chose pareille !

Paul s'exclama de la sorte avec une espèce de grognement d'incrédulité et, saisissant un aviron, il le plongea par-dessus le bord. Il l'enfonça dans l'eau jusqu'à ce qu'il ait la main mouillée. Il n'y avait pas de fond. Nous étions abasourdis. Le vent continuait de siffler autour de nous et le *Mist* avançait à l'allure d'un escargot. Il semblait qu'il avait quelque chose de mort en lui et tout ce que je pouvais faire à la barre était de l'empêcher de faire demi-tour à cause du vent.

— Écoute !

Je posai la main sur le bras de Paul. Nous percevions un bruit de rames sur des tolets et nous vîmes la petite lumière blanche qui dansait de haut en bas tout près de nous, désormais.

— Le voilà, ton bateau ennemi ! murmurai-je pour plaisanter. Rappelle l'équipage à son poste et prépare-toi à repousser les assaillants.

Nous n'avions pas fini de rire de ma plaisanterie

quand un cri sauvage de colère s'éleva dans les ténèbres. Le bateau qui approchait apparut à notre arrière. À la lueur de la lanterne qu'il portait, nous pûmes voir les deux hommes distinctement. C'étaient des gars qui avaient l'allure d'étrangers, avec des faces hâlées par le soleil et des bonnets de tricot plantés sur la tête à la façon des marins. Ils portaient des ceintures en laine de couleurs vives autour de la taille ; de longues bottes leur couvraient les jambes. Je me rappelle encore le frisson qui m'a parcouru l'échine quand j'ai remarqué le fin anneau d'or que l'un d'entre eux portait à l'oreille. Vraiment, ils avaient tout de pirates échappés des pages d'un roman. Pour compléter le tableau, ils avaient le visage déformé par la colère, outre que chacun tenait un coutelas. Ils vociféraient tous deux, d'une voix aiguë, dans un jargon étranger que nous ne comprenions pas.

L'un des deux, le plus petit et, sans conteste celui qui avait l'air le plus méchant, posa les mains sur le bastingage du *Mist* et se mit en devoir de monter à bord. Rapide comme l'éclair, Paul appuya le bout d'un aviron contre la poitrine de l'homme et le repoussa dans son bateau. Il tomba en arrière mais se remit aussitôt sur ses pieds en agitant son coutelas et en criant d'une voix perçante :

— Z'avez cassé mon filèté ! Z'avez cassé mon filèté !

Sur quoi, il se remit à crier dans son jargon, son compagnon se joignit à lui et ils s'apprêtèrent à lancer un nouvel abordage pour monter sur le *Mist*.

— Ce sont des pêcheurs italiens, criai-je alors que la situation m'apparaissait clairement tout à coup. Nous avons cassé leur filet à éperlans. Il a glissé le long de la quille et s'est pris dans notre gouvernail. C'est lui qui nous immobilise !

— Oui, et ce sont surtout deux assassins, dit Paul, en les menaçant de son aviron pour les maintenir à distance.

— Dites, les gars ! leur cria-t-il, laissez-nous tranquilles et nous allons dégager le filet pour vous. Nous ne savions pas qu'il était là. Nous ne l'avons pas fait intentionnellement, vous savez !

— Vous ne perdrez rien, ajoutai-je. Nous paierons les dégâts.

Mais ils ne comprenaient pas ce que nous disions – ou ne voulaient pas le comprendre.

— Z'avez cassé mon filèté ! Z'avez cassé mon filèté ! cria en réponse le plus petit des deux hommes – celui avec l'anneau d'or – tout en faisant des gestes furieux. Je t'aurai, tu verras, je t'aurai !

Cette fois, quand Paul le repoussa, il saisit l'aviron à deux mains tandis que son compagnon sautait à bord. Appuyant le dos à la barre je le repoussai avec un autre aviron aussitôt qu'il eut atterri et avant qu'il ait repris l'équilibre. Il retomba lourdement en arrière dans son bateau. Cela devenait sérieux et quand il se releva et qu'il saisit lui aussi mon aviron, quand je me rendis compte de sa force, je confesse que j'ai éprouvé une bonne dose de peur. Mais bien qu'il fût plus fort que moi, au lieu de me faire passer par-dessus bord quand il tira sur l'aviron, il fit avancer son bateau vers le nôtre. Et quand je poussai, le bateau recula. En plus, le coutelas qu'il avait toujours à la main le rendait maladroit, ce qui, dans une certaine mesure, contrebalançait l'avantage que lui donnait sa force supérieure à la mienne.

Paul et son ennemi étaient dans la même situation – une sorte de point mort qui se maintint pendant quelques secondes mais qui ne pourrait pas durer. Plusieurs fois, je criai que nous paierions pour tous les dommages que le filet avait subis. Mes paroles semblèrent demeurer sans effet.

Alors mon homme coinça l'aviron sous son bras et, en s'y cramponnant, lentement, main après main, commença à grimper à notre bord. Le petit homme fit pareil avec Paul. Petit à petit, ils vinrent plus près. Encore plus près ! Nous sûmes alors que la fin n'était plus qu'une question de temps.

— La barre, Bob ! me lança Paul tout bas.

Je lui jetais un coup d'œil. Cela me permit d'entrevoir ce que je pris pour un visage très pâle et une mâchoire fermement serrée.

— Oh ! Bob, insista-t-il. Appuie sur la barre, Bob ! Appuie dessus !

Ce qu'il voulait dire se fit jour dans mon esprit. Toujours cramponné au bout de mon aviron, je poussai le gouvernail avec le dos, arc-boutant mon corps pour le maintenir dans cette position. Tel qu'il était jusqu'alors, le *Mist* n'offrait à peu près aucune prise au vent mais cette manœuvre allait le forcer à faire passer la grand-voile d'un côté sur l'autre. Je le compris à la sensation que j'éprouvai quand le vent glissa de la toile et que la bôme[1] se releva. L'homme de Paul avait désormais pris pied sur le pont et le mien était en train d'en faire autant.

— Attention, criai-je à Paul. La voilà qui arrive !

Nous lâchâmes tous les deux nos avirons pour plonger dans le cockpit. L'instant d'après, la lourde bôme et ses lourdes poulies balayèrent le pont au-dessus de nos têtes, la grand-voile siffla en passant comme un grand serpent qui se déroule et le *Mist* s'inclina avec une violente secousse. Les deux hommes avaient sauté dans leur barque pour l'éviter mais, d'une façon ou d'une autre, le petit se blessa avec son couteau ou tomba dessus. Quand nous le revîmes, en effet, il était debout dans son bateau, tenant ses doigts qui saignaient serrés entre ses genoux et le visage tordu par la douleur et la colère.

— C'est notre chance ! murmura Paul. Maintenant, remontons !

Des deux côtés de la gouverne, nous nous laissâmes glisser dans l'eau afin de pousser le filet vers le bas avec les pieds. Finalement, avec un sursaut, il se détacha. Paul à la grand-voile, et moi à la barre, le *Mist* s'élança vers l'avant dans un mouvement qui sentait bon la liberté. La petite lueur blanche à l'arrière devint vite de plus en plus petite.

— Maintenant que tu as eu une aventure, tu te sens mieux ?

---

1. Sorte de poutre horizontale à laquelle sont attachées les voiles.

Je me souviens d'avoir posé la question une fois que nous eûmes changé de vêtements, alors que nous étions assis confortablement au sec dans le cockpit.

— Eh bien ! si je ne fais pas de cauchemars toute la semaine qui vient...

Paul fit une pause et fronça les sourcils à la façon d'un juge.

— ... Ce sera uniquement parce que je ne dors pas, c'est certain !

Table

PAPIER À BASE DE FIBRES CERTIFIÉES

Le Livre de Poche s'engage pour l'environnement en réduisant l'empreinte carbone de ses livres. Celle de cet exemplaire est de :
100 g éq. CO_2
Rendez-vous sur www.livredepoche-durable.fr

« Pour l'éditeur, le principe est d'utiliser des papiers composés de fibres naturelles, renouvelables, recyclables et fabriquées à partir de bois issus de forêts qui adoptent un système d'aménagement durable. En outre, l'éditeur attend de ses fournisseurs de papier qu'ils s'inscrivent dans une démarche de certification environnementale reconnue. »

Édité par la Librairie Générale Française - LPJ
(58 rue Jean Bleuzen, 92178 Vanves Cedex)

Composition PCA
Achevé d'imprimer en Espagne par CPI
Dépôt légal 1re publication septembre 2014
70.2224.5/02 - ISBN : 978-2-01-001609-7
Loi n° 49-956 du 16 juillet 1949 sur les publications destinées à la jeunesse
Dépôt légal : août 2015